陆空集

刘书豪 著

中国文联出版社
http://www.clapnet.cn

图书在版编目（CIP）数据

陆空集 / 刘书豪著 . -- 北京：中国文联出版社，
2020.7（2023.1重印）
ISBN 978 - 7 - 5190 - 4313 - 1

Ⅰ.①陆… Ⅱ.①刘… Ⅲ.①诗集—中国—当代
Ⅳ.①I227

中国版本图书馆 CIP 数据核字（2020）第 122925 号

著　　者　刘书豪
责任编辑　刘　旭
责任校对　郝媛媛
装帧设计　中尚图

出版发行　中国文联出版社有限公司
地　　址　北京市朝阳区农展馆南里 10 号　　　邮编　100125
电　　话　010 - 85923025（发行部）　　　85923091（总编室）
经　　销　全国新华书店等
印　　刷　三河市华东印刷有限公司

开　　本　710 毫米×1000 毫米　　1/16
印　　张　26
字　　数　164 千字
版　　次　2023 年 1 月第 1 版第 2 次印刷
定　　价　95.00 元

为了太阳！

为了土地！

为了诗歌的胜利！

陆空

诗歌
生存
王位
爱情
流浪
理想

序：《陆空集》

作为本书作者的同学，当我提笔开始写时，不由得有一些莫名的兴奋与期待，也许这是我第一次真正意义上在将要出版的书上挥洒属于自己的笔墨。

但说来也是朴素，其实这一切开始的缘由只是我自告奋勇帮刘书豪写序，然后我们便在一家面馆聊了两小时左右。

我只是想说，写诗不易，那么再将自己书写出来的诗一字一字地打出来呢？他在出版这本书上至少花了两年时间，而且是在拥有一定的学业压力的情况下。所以说，请对他给予一定的支持，也算是我个人最基本的请求了。

作为一个乐意将自己标榜为文艺青年的人，我还是在这初中三年对刘书豪的诗有些皮毛上的了解的。

第一，他的诗有时有一种深刻而复杂的意境；有时一看他的诗，仿佛就如同从平地上仰望珠穆朗玛峰一样，深远而高不可攀；有时言辞沧桑如亘古；有时又犹如下坠的瀑布般激荡；有时还像身处滚滚浓雾中一样压抑。但无论如何，每时每刻读他的诗，我都能感受到厚重的感情，就像蜻蜓点水般，即使轻轻一点，也能不断漫延，掀起平静却广阔的波澜。

第二，他的诗只是按照自己的所思所想而写。这一点上我与他可能是同道中人，他酷爱写诗，我只是有时写写散文。但基本上都是不会被任何格局所束缚的，这就是为什么有时他的诗有一丝狂野的味道。这就好比在画布上肆意泼洒颜料一样，自由而又五彩缤纷。而且这种发自内心的创作，在目的上就已经远远超越了传统的应试作文。

第三，虽说诗歌主要是来抒发感情的，但是不同于正常的诗，他有时写的诗背后的意思是较为个人的，有时甚至有些许晦涩难懂。不过我认为，在理解每一首诗的真正意义后，便会像寻觅宝藏一样充满惊喜，因为这宝物，是只属于青春的璀璨瑰宝。

那么《陆空集》中的"陆空"，到底是什么意思呢？

陆空，分别指的是诗歌、生存、王位、爱情、流浪、理想这六个事物在作者心中和生活里的空。我在这里特意解释一下，"王位"指的是做诗歌中的王者，并不是功利上的较量，而是指在艺术造诣上的高度（当然其他五个便是显然易见的了）。这六个独立的事物，仿佛就像天上与地下一般，让人难以做出抉择却互相影响，天差地别。也许这表现出的不仅仅是青春，更是在人的一生中，这六个事物的冲突与交融，复杂的世界与复杂的人，在这世界上复杂地活着，这大概就是我的看法了。

是在旷野上奔跑，抑或是爬行，还是在天空中翱翔，或是挣扎？是一飞冲天后狠狠落下，还是在快速奔驰中飞向天空？我想世事不可能如此简单，但我相信每个人终究会有属于自己的答案的。

当然，作为一个学生，我认为他将自己的时间、精力、想象力花费在这上面是平常生活中很少见的。也许除了在应试或忙碌的时间外，我们也需要一些时间，去思考我们的陆与空。而这本诗歌集，我更想把它当作这尘世间的一声呐喊，没有功利，只有对诗歌、对艺术、对文字、对自己的热爱。

袁加乐

2018 年 8 月 13 日

目 录

第四辑
阶段性命题

陆空集

第六辑
没落的解释

第八辑
低谷（下）

第九辑
命运回廊

第十辑
拙见辑

我在空无一人的地方

中国非著名青年诗人刘书豪："接下来，有请中国非著名青年诗人刘书豪！"

中国非著名青年诗人刘书豪："大家好！我是刘书豪！"

陆空集。

当你看到这本书的名字的时候，也许会联想到陆地和天空。也就是诗人们笔下的土地和天空。

我们从海洋中来到了土地上。我们一生在寻找栖息地。有的渴望到天空上去。

土地和天空是海洋的儿子。土地和天空是继海洋生物游出海洋，飞出海洋的下一个栖息地。奋力地奔跑，展翅飞翔。不管在什么地方，我们都需要觅食，需要学习，需要生活，需要需要，需要的更多更多。

在这样的栖息地，开始出现了乡村和城市，产生了人类文明。我爱这片土地，愿意用自己这份尚不成熟的思考之力为我所居住的美好家园献上最真挚的祝福。于是，我把这片土地分成了"诗歌""生存""王位""爱情""流浪""理想"六部分内容去歌颂。

其实，最初的这六个名词部分来源于海子。

西川先生编辑的《海子诗全集》中有：

"我有三次受难：流浪、爱情、生存。

"我有三次幸福：诗歌、王位、太阳。"

于此产生灵感，我更愿意将这六部分称为"人生的六次惊艳"，用我稚嫩的笔触，表达内心热烈的情感。

1. "诗歌"

这是一个可以用诗歌歌颂的时代。

诗歌的作用是什么?

诗歌是一种能够彰显智慧的写作形式。它需要诗人拥有很高的思维发散能力,创造无限可能的情景与意象,表达多种情感和志趣。

任何一个普通的人都可以写下自己的诗歌,都可以写自己的诗歌。用诗歌将眼中的一切变成有温度的世界。

这是月亮吗，它辗转反侧，难以置信地无法入眠，相思的人远望着它；这是扁舟吗，有时让你活在幸福的浓云之中，一叶把你带走，成为一时的幸存者；这是眼睛吗，时时刻刻注视着人间，时而温暖地微笑，在闪烁时微笑，时而快乐地。任何一个意象，都可以有不同的解释，是月亮是扁舟是眼睛是我，它们亦欢喜，亦快乐。

当然，意象也并不是最根本的，它只能做一个陪饰品，最重要的是语言本身。中国诗人在现代一代又一代的写作之中，语言还没有真正地登上它要登上的那座高山，这座高山是不断生长的，就连高山上的树也是不断生长的，"路需高攀"的想法一次又一次出现在诗歌的语言之山上，诗歌要大胆地吟咏，如"我就是诗中清澈的湖泊，我就是梦里坠落的燃烧着的大火，我是盛景之下享受着清凉微风的绿萝"。

　　所以，让我们动起发散的思维，动起每一支笔来，用诗歌在纸上写下自己的人生。这个时代需要诗人们，不是单留一个诗人单打独斗，诗群才是诗人的载体。

2. "生存"

生存的含义可大可小，解决温饱足矣可谓生存，寻找生命真谛亦为生存。

我们祖先将生存看得很重，因为必须与天斗、与自然斗才能获取维持生存的必需物品。然而，这些原始生命并不慌乱迷茫，因为只有这一件事可以纳入自己的思想体系中，解决了，快乐；没解决，无须胡思乱想，只做耳。

可是，不知从何时起，我们满足了衣食、便利了手脚、加快了节奏，却变得越来越恐慌，越来越迷失自我。是社会发展的错？或许我们为了掩饰自己的虚伪，可以大言不惭地将责任推卸给客观条件，可是怎么样呢？内心依然不好过，得到的慰藉甚至不如一个刚刚摔倒在地的被给予棒棒糖的婴孩的满足。承认吧，我们的心正在这个物欲横流的社会中左右摇摆、捉摸不定。

诚然，我看不惯眼前的苟且偷生，但是，我庆幸人性的自我反思。我的视野很小，阅历不足，但是我骄傲于我能有善恶的审美，有真假的辨识能力。我会看到污垢，我也对背后的光明充满期待。我不会鄙视追求物质利益的生存价值，因为这是人之本性、社会发展使然，如果没有竞争，任何事物都没有发展的驱动力。但是，我更崇尚将生命价值放在生存问题之上的人，因为活着是包含"身心"的跳动，它是一个人之所以称为人的最本质特征。我们能够充分发挥主观能动性，而且能够为心努力寻找一处安稳的栖身之处，让生命不再彷徨，让生存不再单调。

坦然地面对现实：我们的心生病了！可是，我们自己是大夫，我们有良方，我们可以填补生存的空！

3. "王位"

谢谢袁加乐在《陆空集·序》中对"王位"的解释。

从最基本的意义上来说，王位是每个诗人都想登上的。

从最根本的意义上来说，王位是太阳，是大诗中的王。

引用海子的《动作》的三段话：

"诗有两种：纯诗（小诗）和唯一的真诗（大

诗），还有一些诗意状态。"

"诗人必须有力量把自己从大众中救出来，从散文中救出来，因为写诗并不是简单的喝水，望月亮，谈情说爱，寻死觅活。重要的是意识到地层的断裂和移动，人的一致和隔离。诗人必须有孤军奋战的力量和勇气。"

"诗人必须有力量把自己从自我中救出来，因为人民的生存和天、地是歌唱的源泉，是唯一的真诗。'人民的心'是唯一的诗人。"

好的，那应该先发展现代诗歌。

4. "爱情"

"十年生死两茫茫，不思量，自难忘"是爱情的坚守；"两情若是久长时，又岂在朝朝暮暮"是爱情的持久；"鸳鸯双栖蝶双飞"是爱情的陪伴。好敬佩古人们对待爱情时忠贞不渝的态度，更羡慕"车马书信很慢，一生只够爱一个人"的浪漫。

而现在，我说的是广义上的"爱情"。

时代在变，人们对待爱情的态度与方式也不同。但不管怎样，对待美好爱情的憧憬还是依然。即使出现分分离离，也始终有一种情愫在牵绊着你我。我期待着一生中所有的感情链接都可以像爱情一样，有着那份真诚和持久。

5. "流浪"

"起床，电车，四小时办公室或工厂工作，吃饭，四小时工作，电车，吃饭，睡觉；星期一，星期二，星期三……大部分的日子一天接一天按照同样节奏周而复始。直到某天，'为什么'，这个意识浮现于脑中，一切就都从这略带惊奇的厌倦中开始了。"

在我们睥睨着我们提出的"为什么"的时候，那块大石头又在不知不觉之间加速滚下山坡。

也许，我们在问"为什么"之前，生活在一种不思考、紧紧张张的盲从人生观里，我们个体个性的自由性和自觉性似乎消失殆尽了。

然而，我们生活在这个时代，我们生来的自由性和自觉性都是由每一个个性个体身旁的环境所创造的、所改变的。

这就如同"孟母三迁"的故事中讲道的："'孟子生有淑质，幼被慈母三迁之教。'昔孟子少时，父早丧，母仉氏守节。居住之所近于墓，孟子学为丧葬，躄踊痛哭之事。母曰：'此非所以处子也。'乃去，遂迁居市旁，孟子又嬉为贾人炫卖之事，母曰：'此又非所以处子也。'舍市，近于屠，学为买卖屠杀之事。母又曰：'是亦非所以处子矣。'继而迁于学宫之旁。每月朔望，官员入文庙，行礼跪拜，揖让进退，孟子见之，一一习记。孟母曰：'此真可以处子也。'遂居于此。"

有时我认为，孟母这几次搬家，都是在改变孟子的个性个体的环境，使孟子成为令人敬佩的哲学家。

中国在 20 世纪 80 年代的诗歌崛起，并不是以一个人的力量，而是由一大批的诗群支撑起来的，用我们前文所述的人的自觉性和自由性由环境所创造，同样，反过来，人也可以用自己的自觉性和自由性改变环境，拥有自觉性和自由性的人可以创造和改变一个一个的小集体——诗群等，用这些来改变环境。

我们还要不停地努力。

6. "理想"

理想和梦想不一样。

谈到理想，尤其是在现代社会中，谈理想，总觉得有点"荒唐"，与此同时，也让我想到一个词——"犬儒主义"。

在当代犬儒主义社会中，犬儒主义的"口号"是：否定追求，否定理想，明知不对，照做不误。其表现为一种认为自己彻底看透人世间的所有事情，并且因此保持着一种"高大上"的对任何事情不相信、不认同、不接受、不希望、不努力的虚无主义和绝对的相对主义。他们拥有着避世绝俗、心口不一、自欺欺人以及玩世不恭和难得糊涂的心态。"人们因为看穿一切价值标准的'虚伪'和'权力操纵'而否定一切可能具有普遍意义的价值和价值追求，他们在无权的时候无所不可忍受，有权的时候则又无所不为。""他们知道自己干的是些什么，但依然坦然为之。"这种当代的犬儒主义具有时代性。

这种当代犬儒主义的急功近利，其实是一种饮鸩止渴的操作。社会愈来愈浮躁，很多真正的美好被当代犬儒主义弃之如敝履。

不过，近期的某节目上，Chinkid Viito 在演唱歌曲的时候一度忘词，本来就很讨厌说唱的我更加讨厌说唱了，但是，在节目将要结束的时候，即他演唱在这个节目上的最后一首歌 *Luv4muzik* 的时候，他含着泪说出："尊重原创，尊重音乐。"他想让大家认真地去听音乐，认真地去体会音乐，认真地去尊重每一位原创音乐人。"This music is everything to me. Chasing my dreams. I never go to sleep... I just hope you listen. I just hope you listen. Cause that what makes it worth it. I know that this music is my purpose." Viito 在面对失败的时候并没有放弃他的理想，而是依旧坚持自己一直以来所坚持的信仰。有信仰的地方，理想主义才会形成。

犬儒主义的盛行导致了理想主义的覆灭。而救治理想主义的方法，是坚持信仰，是夸父坚持不懈地追逐太阳，是爱迪生在失败中不放弃实验，是凡·高执着地绘画，即使世人漠视、穷困潦倒。

祝愿信仰不倒，理想永生，不再空洞。

刘书豪

2018 年 8 月 15—19 日

作者注：本文引用以及化用海子的《海子诗全集》，莎士比亚的《莎士比亚·四大悲剧》，加缪的《西西弗斯的神话》，陈萝莉、吴孤儿的《敲内脑》《强迫症》，老王乐队的《补习班的门口挂着我的黑白照片》，Chinkid Viito（黄翔麒）的 *Luv4muzik* 以及徐贲关于犬儒主义的三段话。

第一辑

快乐的歌曲被人们有力地唱响

角度

引言：谢谢大家

时间一逝，又三个月过去了，突然想起已三个月没有写一首新诗，或许是由于那两篇我自己写的不再写诗歌这一类的文章，或许是因为时间不够用，用一整块时间去写一首诗歌，专心致志地写诗歌的情况不再了。

如今，我想起了诗歌，我感觉生活中不能没诗。于是便又开始了对诗的追求与创新。

写诗，可以影响别人，现在身边有很多开始写诗的人，很多人和我聊诗歌，像我一样将自己写的诗歌放在某某或者某某交流平台上，也得到诸多赞扬。最后还是希望大家喜欢我这个集子，谢谢大家。

1. 我快乐地

我快乐地

没有什么原因的

我快乐地

没有期待结果的

我快乐地

那是笑着笑着就满足了

我快乐地

看见幸福经过

2018 年 8 月 21 日

2. 昨天

昨天我的一个朋友从远方归来

他带来那最美好的感情

还有过分宠爱的爱人和孩子

成为我此刻最爱看的风景

2018 年 8 月 21 日

3. 追寻

你，从哪里走来

蓝色水晶的眼睛

凹透镜里面的风景

你，为何没有一颗留下的心

是我给你的情谊不够

还是因为我野兽般的心情

你，从森林走出

绿色装扮的黄土地

映射美好的一天

浇灌，割麦，撒种

你有一座房子

不像城堡也不像殿宫

我，又向这里走去

欢快得欣喜若狂

骑着单车，飞奔旅行

向远方的遥远而去

2017 年 3—6 月

作者注：原诗为《芳火·突兀说〈再生·人性·毁

灭——篇二九：写一首小诗〉》，因《再生·人性·毁

灭》大部分电子稿已佚，且存留手稿不多，今因留下

手稿一张，加入此辑，在此做解。

4. 易水诀别

风萧萧兮易水寒，壮士一去兮不复还！

探虎穴兮入蛟宫，仰天呼去兮成白虹。

路漫漫兮心难安，临行饯别兮白衣冠。

枯叶降兮曲抑扬，暗水汇注兮两指间。

风断句兮无应返，夜晚长歌兮送悲欢。

渐离击兮我顾诵，击筑应歌兮人所愿。

乘风起兮逍遥游，金戈铁骑兮看冰河。

似专诸兮成败论，长夜放歌兮心无夜。

天地视兮为家乎，同仇敌忾兮天涯路。

日月起兮入魂魄，扫净点翳兮为我梦。

素道去兮过清风，星稀月朗兮光透窗。

就而归兮胜秦险，人世平和兮有津岸。

匣埃尘兮素歌连，匹夫哀风兮行壮胆！

酒酣饮兮气益震，高屹昕邈兮尽无言！

2018 年 8 月 11 日

作者注：前两句出自《战国策·燕策三》。

5. 有时

有时欢，有时喜，有时无所事事；

有时吵，有时闹，有时幽静空寂；

有时暗，有时熄，有时光明万里。

2018 年 8 月 21 日

6. 昨夜一梦

序：

"十月的流星划过天边

穿起千万人的梦想"

艳色却并不妖媚

在梦境里花儿似的消隐

在绵绵的黑夜中分明

在无遮的楼房里泻影

暮天的群鸥

把海面掩住

叼起纤纤的波粼

是未眠熟的童心

唱那稠密的儿歌

声起声落

如同那一触即发的旅行

涓涓的小溪流淌

在幽谷和山麓潇洒地飞扬

绸缪的朱砂梅柔波似的

水在白茫茫中悄悄地荡漾

玉杯中幻景

向着那白日

向着那憧憬

加鞭！加鞭！加鞭！

用如弯月一般的小艇

在那永不见底的波心

酥怀中水晶似的光明

依依的人儿

团团而簇的月影儿

咿咿呀呀的歌儿又唱响

这一切一切

都是那么的平静

都是那么的安宁

2018 年 8 月 21 日

作者注：本诗序引自麻晋豪的诗歌《现实》。

7. 夜

几个墙面几扇门窗

几颗明星几盏家灯

窗户上的纱网

欲进来的蜜蜂

安静地倾听

2018 年 8 月 21 日

8. 无轨

在宇宙中

每一颗星星都有着自己的轨迹

但我们的命运从来没有轨迹

我生在北方的那阴霾片片的平原

而我的老家在那阴雨连绵的盆地

人生没有限定的轨迹

更多的是不期而遇

2018 年 8 月 21 日

9. 新生活

新的一天开始了

一切都是新的

一切都在归零变好

顶着我睡得变形的头

唱着:

"我就要这一天——新的生活!"

"我就要这一年——新的生活!"

"我就要这世纪——新的生活!"

2018 年 8 月 21 日

10. 随笔·秋游感记

昨日的一场雨雪后，风变大了，空气凉了。
我感觉北京的秋天就要走了。

大巴车所在的街头，此情此景，冰雪之肆。
脚像是在鞋中游泳，水入水出，思来想去。

愈来愈多"道道挚友"，于生歧路，于生遥崖。
好像就如同冰化的泥路泞泞。

白雪皑皑的道路上，我行走着，在月亮下。
傍晚金光闪闪之耀着茫忙。

不觉间阳光不见了，笑声仍旧，放下沉重。

北京太冷，纷飞季节如何度过?

2018 年 8 月 21 日

作者注："道道挚友"泛指同道而行的同志向之人，言语中皆说着团结奋进的言辞，表现为友善和谐，同心协力。第一个"道"，指同路即同道，转意为在道上（在路上）；第二个"道"，指志向相投；"茫忙"指茫然一片的前途中的匆忙。

山上 晚上
　山人心里
　　点 灯火

大山

山中无寺庙

第二辑

冬月二十二——诗人·太阳·金黄

引言：如果我又想起你，
那就在灯火阑珊的城市里一默如雷

如果你想起我，那就在我平静如常的好梦里一默如雷。

此一切之一切，俱不为你我之误，是为"社会"之误也。你欲摧之，我欲顺之；你欲驯之，而之驯于我。你始于沉默无语，却留下若雷之声，又离于沉默不佞。

维摩说："沉默，却犹如雷鸣般地震耳，这的确是伟大的真理。实际上，沉默并非无声，而仍有真实的声音，只是因为音阶和声波的不同，一般人听不到罢了。"你我都是绝对多数的沉默者，我们必须沉默，但并不是真的没有声音。沉默中的爆发可似那喷涌的火山，"此时无声胜有声"。看他们那哗众取宠的人、口若悬河的人、信口雌黄的人、巧舌如簧的人，像河中的泡沫，在气味尚存之秋，就迅速地消失了。

"大音希声，大象希形。"这是老子对有与无、大与小的辩证哲理的深刻思考和生动表达。最美的东西不需张扬，自身也不会张扬。"偶尔的边界、个性飞扬才是诗人的内心。"我不喜欢张扬，只是被迫张扬。

佛经上有一则故事：一天，释迦牟尼在灵山会上说法，有人献了一朵鲜花给他。释迦牟尼手拈花朵，久久一语不发，只是将目光看向众人。众人面面相觑，不知所以，唯有释迦牟尼的大弟子摩诃迦叶发出会心的微笑。于是，禅就在这一默如雷的"拈花微笑"中产生了，终于演化成为许多世纪以来影响东西方文化、思想至深的"道"——一种奇妙的、可意会而不可言传的思维和行为方式。

花默默地开放又凋落。大山也沉默无语，只悄悄改变着四季的风格和颜色。这个现实的世界上本没有路，在路旁观看那些走的人多了，便成了路。

2018 年 8 月 21 日

作者注：文中大部分引用和化用了网络搜索"一默如雷"。原文名为《一默如雷》，为原辑《一默如雷》的序。

引言：我的这一年

　　一直在给这个集子写序，也一直在编校这个集子。改了又改，编了又编，删了又加上，这一年也是，失去的，得到的，都差不多。

　　冬月二十二这个节日，是诗人的节日，是每一个热爱文字的人的节日。这源于我 2016 年年初，暂且把它记作公历的元旦吧，我得到了自己的第一本诗集——《海子诗全集》。我对于诗歌是热衷的，我爱诗歌，于是节日诞生了，为了纪念我遇见海子，遇见伟大的诗人与诗歌，我把这一天也是阴历冬月二十二作为一年的起始，标为"启制年元年（2016年）"。诗歌是陪伴我的。

2018 年 8 月 21 日

1. 在灯火中

——致那些拼搏奋斗的日子

我在灯火中争分夺秒

一笔一画创造价值意义

奋斗虽掺杂着苦累

拼尽全力已是人生至味

2018 年 8 月 21 日

2. 窗外

窗外的空气冻了窗
窗外的光明透进来

窗外的美丽映照在
未来的梦想蓝图上

2016 年 1 月 29 日

甘肃酒泉敦煌，新疆哈密

3. 向远方

背起了行囊背井离乡

出发吧

去陌生的远方

总有憧憬的困难将我们阻挡

再多的苦难　再多的荒凉

挺起胸膛　我们有难同当

我们的队伍就像那太阳

哪怕有天大的灭亡

我们是不可战胜的力量

梦想希望里青春飞扬

没有石子将我们绊倒

尽管那崎岖的路上满是泥浆

勇敢和坚强　化作了翅膀

我们的命运是兄弟一场

荒野常见一片芬芳

我们远望着家乡的方向

深夜理想像花一样绽放

我们有千千万万个肩膀

我们不惧风浪在天空翱翔

正气阳刚　信仰发光

自豪的泪水润湿眼眶

我们在这里　在今天　一起闯

这辈子不会忘记的人们

总会有你们的梦　一起　闯！！！

世界为我们鼓掌

2018 年 8 月 21 日

4. 德令哈：海子的旅途

青海德令哈风景优美

在你的笔下这么快乐

这是一位诗人入藏所经过的地方

这是来自人生的思考所进行的彷徨

这是人类情感的一次又一次的丰收

这是一条通往神圣的一代人感受到的黑夜的光

2018 年 8 月 21 日

5. 憧憬未来

你好，门上的七彩颜色

你好，成长的单人床

你好，繁华的夜都市

你好，憧憬未来的心房

2017 年 8 月 26 日夜

6. 一个好雨的时节

梦幻中溯回

总有一丝夕阳

洒过世界角落

梦幻中溯回

总有一些人

路过生命角落

一个好雨的时节

风尘年岁似烟过

雨后日月如蝉歌

夏时昼夜畅谈间

天气阴晴是你我

如果万物有如果

那么在这无声轻拂中

和你们在一起

打破那所有的

凄清　彷徨　成长　坚强

2018 年 8 月 21 日

7. 这里的夜色真美

这里的夜色真美

美得像一首歌

一首百听不厌的颂歌

是送给胜利者的

是送给理想的酒具

鱼啊

游啊游

游向无尽无垠的天边

啊，一首壮丽的歌

我生在这里长在这里

我是莲蓬

一伸出根茎

开始吸收这夏时的美丽

没错

是在这个美好的夜晚

被千古文人赞颂的夜晚

许下诺言

明天梦圆

2017 年 12 月 14 日

8. 没有好好说再见

只不过是写了一首快乐的诗

你又何必悲泣涟涟

那就这样吧——

我把那些快乐的文字擦去

写上快乐的分离

再写上一首无比快乐的诗与你分别

和最后与你见面时

你那最快乐的笑脸

我只不过是写了一首快乐的诗

那就这样吧——

我们永久地在一起

那就这样吧——

我快快地抹去写在上面的话

望着那天晚上你陪我跑步时瑟瑟的月亮

你不知道

我还抹去了那张你最纯真的笑脸

那就这样吧——

我不情愿地还你一张白纸

上面书写着那些晚上你问我的理想

是映在纸上的明天的太阳

还是不汲汲于功名的走廊

自习室里渐渐消逝的是时光

于此

我不与你分别

于此

我和你在一起

当那首快乐的

或是那首快乐的诗

再被别人读起

他们一味地读，一味地读，一味地读

我们互视一笑，一默无言，一晃流年似水

只不过是那分开的短暂时间

那就这样吧——

我还是写了一首你的藏头诗

送给你

2017 年 12 月 5—6 日

9. 明天

一遍又一遍的昨天

消失不见

今天开始乐享人间

从不慌乱

既遇则安

2017 年 12 月 29 日

10. 美好

轻轻的手　抚摸

蓦然间抬头

大提琴　奏响

那一丝果敢与坚守

2017 年 12 月 29 日

11. 乌江亭上吟

今天看见您

从没有一脸迷茫

像每一天的您

从不慌张

让我们再踏上冲锋的路

看一眼夜晚湖水的光芒

亲吻平静的水面

水藻生长

那汉的人群追了过来

看见时光流淌

几匹马向人扑去

路过家乡

生死存亡的本领

从哪里启航

丢下背了数年的行囊

草木枯荣

我们像被江流

蓬着漫长

却总不会回港

沉浸时光

乌江亭长在等着

希望的力量

在雨水中沐浴清凉

在迷雾中探得方向

"天要亡我！"

一切失去色彩

"我还渡江干什么？"

一切重复着埋葬

放开征战的马匹

——日行千里的马匹

回首看见吕马童

——指您给王翳看的人

一世之雄

只值千两黄金万户侯

自杀亡身

难分难懂

看到尘土飞扬的往事

是心在流浪

足步千里路难识真面目

这时　暮色苍穹

乌江亭　乌江亭

我！去往何处？

乌江亭　乌江亭

行走的生命灿烂久长

华幕透光照耀在每个人心上

覆盖大地间容无尽念想

我们！

像乌江亭边永远盛开的花一样

2018 年 8 月 21 日

12. 看那！黄河！

看那！

山中此起彼伏的枪声！

看那！

从里悲愤挥舞的长矛！

是的！

我们民族伟大而又坚强！

朋友！

我们望黄河滚滚的浪！

五千年的古国文化！

需要英雄不会灭亡！

是那！

浩浩荡荡的黄河奔腾向前方！

是那！

勇敢无畏的英雄拼搏向光明！

听吧！

那团结有力的歌声！

2018 年 8 月 21 日

13. 北碑

撕碎者

撕碎着那批画卷

独存的人

没站着

一张一张地替换

不相关的一切

花草与树干

文字幻象

大门是谁关

人群景观

14. 大海

大海啊大海

你听我诉说

微风轻拂

我们奔向校园

欢声笑语

在受教中成长

大海啊大海

你是多么清澈

多么深邃

就像老师的眼眸完美

2018 年 8 月 21 日

15. 穿过雾霾见光明

满天的乌云

漫天的雾霾

不见一丝光明

我们的生活多么美好

天空多么美好

我们的歌声又多么美好

穿过雾霾

就见到了光明

光明多么美好　多么美丽　多么美妙

16. 你们都不知道的事

你们都不知道的事

有很多

譬如

我正在幻想我现在坐在草地上

慢慢地静静地想用时光

停留驻足

现在时间飞快地

一眨眼

几小时

消逝

2018 年 1 月 19 日

第三辑

北田共东

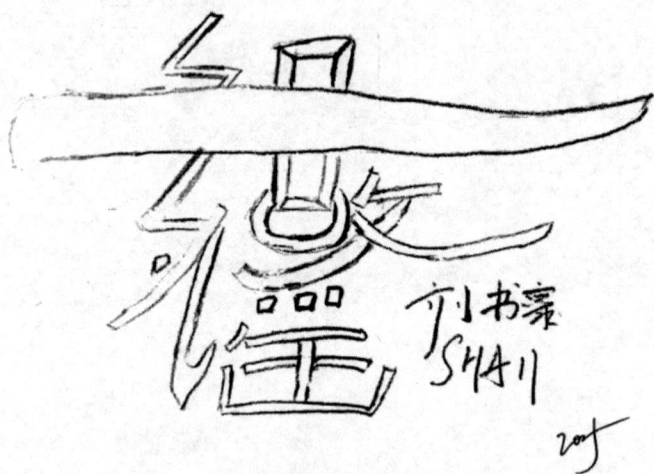

故乡谣（2015）

引言：我做了一个故乡的梦

　　月季花开了，开得像那明珠一样，没错，这是走廊上的一朵明珠。不过，这也是高铁经过的地方，是我错过的地方。

　　我从一座小城市来到北京，可我一年半载未归家，我望着窗外的景色，湍急的河流逐渐消失了，起伏的丘陵逐渐减少，雨逐渐下起来了，悬挂在车窗上，形成一条冰冷冷的彩带，有时合并，有时分开，分分合合地，像箭中靶心，箭离弦似的飞逝。

　　我坐在高铁的窗边，把眼睛从近处移到天空，看着充满朦胧的雾霾的天空中，一叶扁舟独行，有人看到的是晶晶亮亮，令他们着迷，可还有人看到的是昏昏沉沉，令我快乐。这不禁让我想起一首诗——《两个月亮》。"或许 / 世界上有两个月亮的传说 / 周游世界 / 从一个黑夜到另外一个黑夜 / 而我 / 还是黑眼睛黑头发黄皮肤 / 变得兴奋 / 没有手里的冰激凌和小汽车 / 远离故乡来到异乡 / 我拥有两个地方的月亮 / 我或许也在这朦朦胧胧中成为风景 / 晚上的风景 / 纵使来生在故乡是做牛还是做羊 / 我都会深深爱着自己的故乡 / 那个生我养我的地方。"可我今天是正在错过我的故乡，我在真实地坐着高铁错过我的故乡，我下不了车，因为我还要到异乡去学习，去生活，我离开了自己的故乡，我错过了她。

听说，家乡，隔壁家的哥哥考了所特别好的大学，对面楼出生了一个很像我的小孩，隔壁楼的阿姨的孩子正在研究美术，说是"为自由工作，为创作自闭"，他妈妈说他艺术在嘴里，可出路在哪里……转过头来看看自己，总是有座小城我回不去，"生活它就这么继续，也许不太尽如人意"。"我打小就生活在这里，二三邻里疏淡不稀奇，长大没想过原来回不去，也曾有梦要往别处去，匆匆忙忙里也有个我自己"，失去的是我错过的，单凭想象只留下了关于家乡的记忆。火车还继续地往北京开着，车上也有人像我一样发呆或是沉默，这些人或许也跟我一样，从自己的家乡来，往返于两座城市中，可就是错过了自己的家乡，半路再也下不了车。

"不知所终，不知所从，不知所措，所以错过。如果，如果你没忘记我，也许，也许我正想起你，张开双臂，假装隔着世界，再次拥抱你。如果，如果你还记得我，也许，也许我又想起你，轻道别离，后悔后知后觉，只好回忆你。"下了车，看着这喧哗的夜都市，灯红酒绿中的一切变得飘忽不定。你是那月季中的明珠，在京津走廊上闪闪发光，你是我

的家乡，深夜中，我抱影而眠，抱着错过你的遗憾
而眠。

2018 年 8 月 21 日

作者注：原文名为《错过》。文中引用或化用了
唐映枫的《北区楼四》和梁欢的《如果也许》。

1. 传说

你恋上那像羊一般温驯的女子

翻开那每天翻上千万遍的

眼光辽远的神话故事每一页

写满了我长久以来对你的眷顾永不停结

传承周代诸侯，黄河水以北

你的名字深深地刻在长长的街上

黄河水冲积形成的平原间飘出白鸟

拼凑出夕阳下无穷美丽的世界

2018 年 3 月 14 日

2. 我去了一个地方想回来

说再见

那个深夜

很久没出太阳

你冷静地看着那个

挨过这整个冬天寒冷的

楼上涌过那一丝不苟的风筝

花朵正吐出不明舍取的轻快不苟

新闻将成为一个个优雅乐观的沸腾点

是我是你是从　世界的某一刻

率真然后　你好可以

歌声　再见

2018 年 2 月 23 日

3. 走遍天下的我忘了回家

走天下

游水峡

我的时间

还有十几天

可一秒如一年

在这个夏天

只有一天

考试前夕

这个夏天

我们共享

十六年的快乐与甘甜

冲上前

上了南墙

面朝自己

笑开了颜

2018 年 7 月 12 日

4. 下一个理想

当你摸起那两个黑馍

拯救你的是这几本书籍

双水村外还有更大的视野

不断地走到一个陌生的土地

竭力地冲破风轻云淡

愿你一切都如你所愿

总是说想要的生活永远在别处

无论春秋寒暑

有一个远方的梦使你微笑

你急切地渴望地望向远方

那无穷美好的下一个理想

2018 年 7 月 12 日

5. 故乡谣

离别是痛苦的衣裳

远行是梦想的翅膀

我们是国家的祈望

他们是祖国的所想

祈望是我们的衷肠

所想是他们的坚强

我们是故乡的宝藏

他们是故乡的现状

宝藏是宝塔的栋梁

现状是改革的期望

栋梁是人人的希望

期望是上一代人的畅想

故乡谣，故乡谣，谣出我们的心声

故乡谣，故乡谣，谣出你们的期望

故乡谣，故乡谣，谣出人们的快乐

故乡啊，故乡，你让我说不尽

故乡啊，故乡，你让我忆念

2018 年 8 月 21 日

6. 想说

屋檐上的水顺流下去

很多朋友生命中错过

在这循环交替的季节

期待我们再次见面

2018 年 8 月 21 日

7. 想象

想象

当我长大

他们都老了

一切该重来了

2018 年 8 月 21 日

8. 知命者·少年游

千秋成荫黄满上，情以何忍难为情。无树无顿无风景，有恐有惊有彷徨。孤依兰舟悲作诗，独看天虹哀作词。

兰舟不再依水流，天虹不再红山至。长安古道马迟迟，高柳乱蝉乱讴嘶。秋风原上夕阳岛，目断西天好似垂。

归云一去天踪迹，何处何时是前朝。狎兴生疏喜已无，酒徒萧索冰近有。不似去年好景时，当年黑发少年游。

2018 年 7 月 12 日

作者注：此诗皆为少年不知愁时所改自柳三变的《少年游·长安古道马迟迟》。

9. 景中情·万分沉重

爆竹声声齐重放，游子忆乡忆。只忆可归乡，归来双泪垂。

青红处处皆变安，可如今还乱。天声乱语恐，地上行人惊。

突闻旧城变旧址，新物留新意。吾外已大矣，神还于童稚。

变乎化乎成新乎，曾知又走曰："吾可回来否？"何安何处放。

行于轨道列车上，遨于人群中。观人生奇迹，可寻却无迹。

屋檐下无人跑去，此人已走远。外万分轻松，心万分沉重。

2018 年 8 月 21 日

10. 傍夜游书

世界安宁

毫无声响

斜照湖面

波光粼粼

颇有风韵

徐徐扑面

人迹罕至

夕阳渐下

光影变幻

醉人心脾

星星满空

一份快乐
两份喜悦
三份天真
划破夜空
留住过往

一丝希望
两种情感
三分好奇
终不可得
走上大桥
登上高处

印入眼帘
美丽花田
风声细语

亮光花海

过得很快
阳挂天空
充满希望
总有欢乐

霞红万物
浪漫彷徨
如同人生
一条道路
未来憧憬
期待希望

忽又神往
卷起巨浪
拍打碎石
千层浪花

飞溅花岩

又为傍晚
夕阳西下
山映斜阳
黄昏唯美
与海相对
相与远之
一片美景
吹着微风
一大美好

往来于湖
青海神祇
西山碧湖
东伶赤际
风来留风
雨来留雨

大千世界

风吹雨打

等待时间

不停变迁

默默安静

爱与灵魂

不断守护

世事岁月

令人感叹

一瞬即逝

千百万年

是以重生

万物如此

人亦如此

生生死死

只不过为

未来者也

众多来者

一粒碎砖

这天道啊

唯来者啊

或未者啊

何人能辨

2018 年 8 月 21 日

11. 少年游

风花年华四处游，乐极乐呼天。

天也不应，地也不答，犹然欢愉然。

归子一去不归还，乡人等不乱。

影下独人，画却六彩，化作喜乐颜。

2015 年 11 月

12. 少年

你那被风吹也吹不倒的疾苦

被一个一个的小虫儿吞噬

你那正青春的容貌

应该带身躯四处游历

你看着大地，呼唤着天，快乐到了极点

天不应，地也不灵

你依然欢乐愉快的样子

归去的游子

一去便不再回来

亲人们

请你们回家去吧

请你们不要再等我归还

我还在原地拼命徘徊

路灯的影下你独自一人

打开画板

画出那灿烂的色彩

像你的那开心高兴的面颊

绽放开

2018 年 7 月 12 日

13. 浓墨纸上画

浓墨的纸

画上北平城

匆匆忙忙

言语者来回

某一天

笑得快乐

犹如画上浓墨深刻

2016 年 3 月 30 日

14. 一半·一半

一半活在现实一半活在梦里

一半画在空中一半写在纸上

一半被风弃走一半把它围住

一半活在当下一半活在从前

一半不停发探一半停留过去

一半活在城市一半活在山中

一半享受喧嚣一半享受静谧

一半感到期待一半感到热闹

一半活在这城市上面的一弯小舟

一半活在这欢笑中的似水年华

2018 年 8 月 21 日

15. 光

有没有光
能照亮那
再见的房
我的城池

有没有你
曾经来过
祈求过

有没有光
亮得耀眼

吹动那

无尽的窗

有没有海

撑得住

那些宽阔

2018 年 8 月 21 日

作者注：本诗歌填词源自李志的纯音乐《再见》。

大事记辑：征途

风吹响了秋天的号角，树叶伴奏着阳光下轻松快活的人们，在高楼与人来人往和川流不息中，我加快了脚步……

这一切从北京说起。我小时候是来过北京的，如今，我又来到了北京，在这座城市中踏上"求学之路"。

那是春天，天气还有些寒冷，但在精神上有时候还是给予人快活的，这是一个万物复苏的季节。奔下了楼，提着肥胖的行李，在这快活的季节，又多了一个在下午奔忙的身影。看着在千万倍速转的手表，来到了地铁站。

等来了一列地铁，此时我是期待的又是不期待的，期待是因为只有我一人，不期待是因为我在车上有很多的同行者。第一次是较幸运的，是有座的。但是没有人陪我聊天，没有给我一点支持及帮助。这一切像是盲目寻找一件东西，探索一件事的奥秘。此刻百般无聊的我，拿起手机开始听歌，看着车上的人们，有的玩着手机，有的像我一样戴着耳机一样听着歌，还有的疲惫不堪地睡着了……不过在我即将睡着的那一刻，时间叫醒了我。

表在不停地走，正如那风还在刮。我想让表慢一点吧，慢一点吧，我抓不住时间乱摆的手脚。不过，在开门的那一刻，我拽住了它，我又开始向终点奔去。我不再庆幸万分，从成堆的人群中挤过去，挤出来，只是一味地想着时间，时间，时间！慢一点吧！就像是我的步伐跟随不上的"一千米"。紧张起来吧，忐忑起来吧，让风带不走的东西走远，走远吧！我还是在高铁站中找到了那列等候已久的列车。

见到了母亲，也是无比自豪，我向她讲述了这样的征途。

"风一起我就到了一个新的地方 / 即使有无尽的忧愁和哀伤""回乡的路程在出发前就几经思量"，"回乡的标记深深地刻在心上""什么时候才能飞在归乡的路上 / 如血夕阳中 / 树影越来越长""北风吹散 / 我曾经的悲伤"。回家的征途如此，快活与忧伤共存，生活亦是如此。

2018 年 8 月 12 日

作者注：文章最后一段全部引用自冯佳界的《飞翔的代价》。

《201六的轮回》

2016的轮回

第四辑

阶段性命题

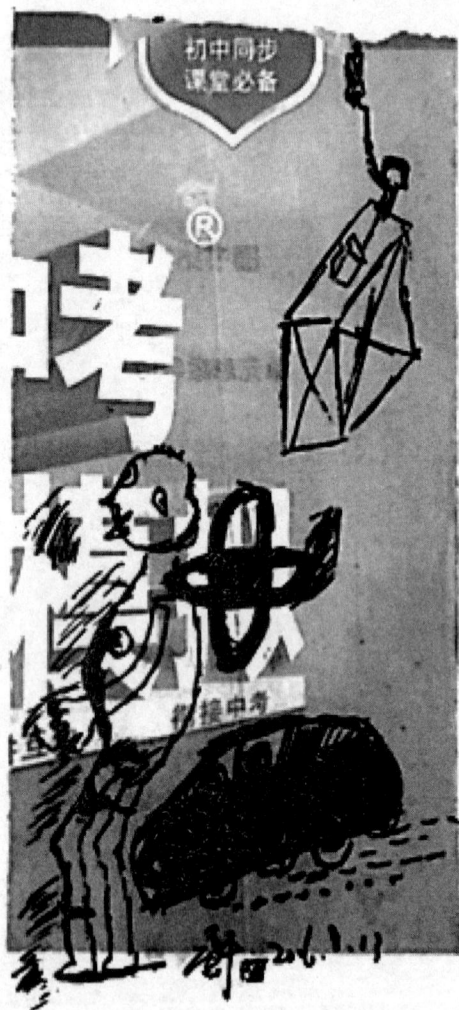

事故（2016）

引言：答案

　　我们人生都在寻找一个答案。的确，我们都需要一个答案来满足我们求知的欲望，来为我们的一些事，乃至人生充填一个我们能够暂且认可的意义。可是作为一个无法超脱自我的个体，有些东西我们是无法去领悟的，而这已超越了信仰本身。如果说，信仰就像仰望着一座高不可攀的山，那么所谓的答案，就像一轮太阳，被这座大山所阻挡。可惜人无法超越自己的信仰，否则就失去了努力攀爬的价值。并且，这座山，没有最高，只有更高。那么答案呢？也许这就是作为人的悲壮之处了。

2018 年 8 月 21 日

袁加乐

1. 幕

椅子是月

墙面是天

椅子在墙面

月斜挂在天

我坐在椅子上

我远远望着天

天在我的旁边

月在我的面颜

天是你身躯

月是你的眼

天亮着　到了月爬上山

月亮着　到了天泛波澜

我看着山

亦近亦远

天紧贴着我

月看着那山

2018 年 3 月 18 日

2. 答案

寻找

午夜后蜡烛熄灭

灯油依存在心底

追悔莫及的珍惜

寻找

公元前你还很小

公元后你渐变老

世界第九大奇迹

寻找

这喟叹

是你的答案

是答案中的你

寻找

于是

我不再说出口来

恐怕失去它连城的价值

2018 年 8 月 21 日

作者注：本诗歌第二节第二、三行化用海子的诗歌《历史》，原句如此："公元前我们太小 / 公元后我们又太老。"

3. 风中嘹亮的歌

我在夜晚里到达

边回想边到达

迎着风

唱起嘹亮的歌

丰收的预兆

颜色的丰盈

在我的历史典册里

饱满回忆

2018 年 8 月 21 日

4. 你的一生，我只借一程

序：

在旅途上

曾经也有过偶遇

凝视过眼睛

你的一生，我只借一程

那悠悠白云

写满了赤诚和生活

那微风抚过

看有一滴晶莹落下

跋山又涉水

不仅有对你的问候

永远的祝福

在我们的心中永恒

湖泊流淌着

我又要来挣脱绳索

不曾踏足要淡忘，于梦于心于苦多。

海誓山盟刹自私，凡尘期望敌不过。

人世沧桑爬满藤，思念城旧亭坚强。

相似相拟黑夜光，烛火摇曳照亮我。

踏平坎坷断崎岖，步履蹒跚续翻越。

清露衣沾想前生，风花雪月念过错。

反刍经年离殇悲，心路轨迹复杂说。

穿透帘栊抵彼岸，徜徉世界自翻阅。

浪漫温暖优美诗，静静聆听铃音旧。

起舞祝福高雅词，轻轻摇动风声弱。

熙攘街市独独行，未曾偏离汩汩绝。

2018 年 8 月 1 日

5. 过客

秋风吹过脸庞

吹在一个游子心上

没有什么忘不了

生活中有太多匆匆忙忙

2018 年 8 月 21 日

6. 尽日

尽日匆匆无留意，不见风声摇叶枝。忽有一片枯叶落，想象已是金秋时。

可昨日还在凌乱诗，情猛地而不实。可又见会再来，虽非参者。可之乎者也闻东大，看后则知。

如今皆说百年时，顿趣成志。

2018 年 8 月 1 日

7. 花的生命

春天来了
公园里的花开了

年很快又到了
只留下一片土地
留下几朵
准备着下次绽放的花

2016 年 2 月 29 日—3 月 1 日

8. 迎面走过来

你招招手

打了声招呼

再迎面走来

春天来到

柳枝在摇摆

再迎接新生

属于我的黑夜

都属于回忆中

闪闪发光

快乐地活

充满快乐的生命

在这世界上

2018 年 8 月 1 日

9. 乌托邦，我只需要诗与远方

乌托邦，我只需要诗与远方

只需要，遥远的牧场

你引领着人们

人们感激着你

乌托邦，你是心生梦想的地方

2018 年 8 月 21 日

10. 蚁说

人们把不需要的物品扔到地上

使我不得不绕道而行

我将食物搬运到他们磕碰不到的地方

换来人们和谐的歌唱

我只是蚂蚁

却也会生活

2018 年 8 月 1 日

11. 致辛弃疾

一边行走
一边把亭上栏杆拍遍

天下谁英雄　赢得功名在身后
蓦然回首　数风流　非皇　非帝　非君　非诸侯
夕阳恒常地消失于江面
流年还没有找到那一点点痕迹
打完仗的英雄没回到那座深山
新世界大门打开了　路需高攀
安静的古老文字　五千年从未失传

2018 年 8 月 21 日

12.辛弃疾《水龙吟·登建康赏心亭》的现代文翻译

空荡的秋空布满了渺茫，我的心中千里冷落凄凉，冷清的江水只能伴随着天际流去，何处会是尽头，无边无际的秋色空寂苍凉。我无奈地眺望那远处的山岭，它们供献忧愁与愤恨，那高耸入云的层峦叠嶂的群山像女人头上的玉簪和螺髻。斜下的太阳照着这亭子，在长空远飞的离群的孤雁伴着它那悲鸣声从天空划过，映照着我这流落江南的游子，我看遍这宝刀上的每一处，它却不曾沾染着敌人的血。我多么想手持这锐利的宝刀，驰骋疆场，杀敌报国啊，我一边快快地行走，一边不断地狠狠地把亭上的栏杆都拍遍了，也没有人领会我现在登楼的心意，天下知我心情者，还会有谁呢？只怕是前无古人，后无来者罢了。

　　不要跟我说什么鲈鱼脍之类的家乡美味，尽管秋日已到，张翰回家了没有呢？我可不会像张翰那样，为家乡之景之情而归。那刘备天下为怀，斥责许汜，辞气激扬，令人佩服。我如果也像许汜那样只顾买房置地，为个人打算，那就羞见刘备那样的胸怀雄才大略的英雄了。南宋政权投降派得势，风雨飘摇，怎不令人忧愁。只可惜大好时光如流水一般过去，我担心着风雨飘荡中的国家。树已经这样大了，人怎么能不老呢？时间真的如白驹过隙！我知音难求，甚至不为人知，惜年光如水和忧国忧民的痛苦无人安慰，连一拭英雄泪的红巾翠袖的歌女也无人唤取了，那就任我尽洒英雄泪吧。

13. 拾遗·中国梦

一颗永不坠落的星球

可以燎原点燃人心

一座永不熄灭的灯塔

指引航船永远向正义的方向前行

动力在让他不断地为

人民呐喊　光荣绽放

高声援助　一心帮助

一路披荆斩棘却甘之如饴　庇护和平

用行动诠释生命与道义的意义坚持不懈

用热血谱写公平与正义的诗篇不断奋斗

永续描绘美丽蓝图　和谐社会

再一次唱响新世纪　新社会　新生活的

中国特色社会主义交响曲

奏响了中国的节奏

更似久旱的土地逢甘霖

洒下一场爱的及时雨

指引了一条不平常的光辉之路

没有胆怯与顾虑

虽然前方总会有风雨

没有烦恼与忧愁

但只要我们共同努力

中国梦建筑丰碑

便终会在东方屹立着

中国梦总会实现

只因我们与奋斗同在

2018 年 8 月 21 日

14. 拾遗·鼎

文化

鼎的纹路是画是雕刻

涨起来的水天翻地覆地变化

锚抛了全都消失不见

沉底

2018 年 8 月 20 日

大事记辑：成长

"做人最大的乐趣在于通过奋斗去实现理想。"只不过"有缺点意味着我们还要更加努力"。矛盾人格形成的过程中总是伴随着奋斗。

在寻找答案的过程中，我们要善于奋斗，为创新奋斗，为真实奋斗，为和平奋斗，为诗意奋斗，为幸福奋斗。

每一次选择奋斗都必须是一次超越。

2018 年 8 月 20 日

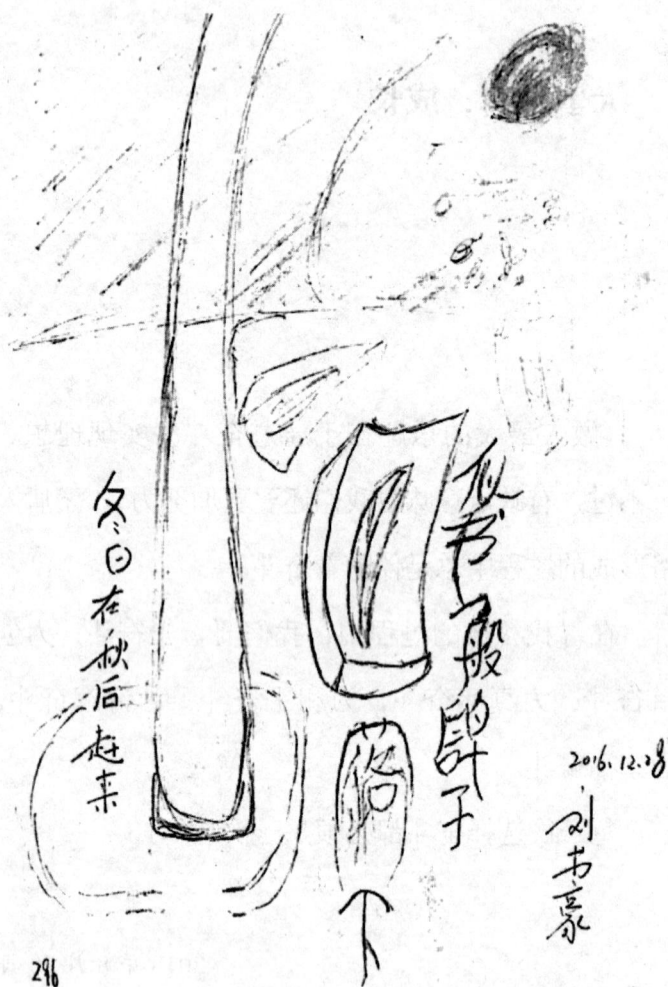

似书般的叶子　冬日在秋后赶来（2016年12月28日）

第五辑

竖直上抛

引言：抛与落

　　向上抛去，垂直落下，一沉一浮，无依无靠。向上总是会越来越慢，向下总是会越来越快。

　　有些事，犹如往日云烟，看似在如流水一般缓缓消失，却早已无法触手可得了。下一秒，又早已有千里之远，消失不见了。

　　人们不像鸟儿一样。人们从尘埃中升起，终将落入浮华。

　　万物从土地上睁开眼睛，在一生的生活都过去之后，都必将最后回归土地。

　　眼睛一闭一睁，便是一瞬；天空一明一暗，便
是一天；花朵一开一谢，便是一年；时光一抛一落，
便是一生。

袁加乐

2018 年 8 月 21 日

1. 平凡的家

村庄炊烟，远方的山
黄土大地，老树残阳
给我一个平凡的温暖的家

在那遥远的地方
有活泼可爱的孩童
在一张废旧的纸上
记录着幸福的话

2. 明天

希望我的明天像绽放的花朵

幸福地又见了炊烟

家还是旧时的模样

带来永恒的温存

2018 年 8 月 1 日

3. 孩子

孩子

快乐地生活

在一个没有阴霾的日子里

更加活泼

2018 年 8 月 1 日

4. 自由行

命运在向你招手

却困于失败挫折

想要去捍卫自由

却又自我设限

鸟都飞走了

一去不归

人都将自己的自由

伴着理想

和历史的车轮

重新发光

2018 年 8 月 1 日

5. 许多孩子不知道

许多孩子对着校园大喊大叫

惊搅了学习的孩子

都是孩子

未来的日子却因为现在而大相径庭

2018 年 8 月 21 日

陆
空
集

6. 雪

幻想今天下了场雪

思念冬天的景

想……

就像冬天的雪

活得灿烂辉煌……

2018 年 8 月 1 日

7. 山海关说

山海关，田园村庄，深邃的午夜

看不见，天上星星，和地上的人

山海关，行走的人到了那里躺下

山海关，祈祷着幸福

2018 年 8 月 21 日

8. 向未来张望

无数的眼睛看着不同的地方

我们的眼睛

神魂不定地望着自己的方向

明月装饰了窗子

散到床上

满眼繁星

适于希望

适于生长

2018 年 8 月 1 日

9. 远方

远方是光明

远方是阴云

远方是一望无际的乡间田野

远方是一些人　或是灯

明亮的样子

令人神往前进

远方是星空

比湖面还宁静

像星星一样开着

让人尽情遐想

2018 年 8 月 21 日

10. 灯

灯的光

不像太阳明亮

倒像梦想永恒

灯下有了人

便会有依托

创造一个更加精彩的世界

2018 年 8 月 21 日

11. 风景

许多人用白描的手法描摹这风景

我用朦胧诗派的手法叙述这风景

人们欲罢不能为所欲为谈笑风生

我也愿意将这不唯一的真相启程

2018 年 8 月 21 日

12. 竖直上抛

上升的速度

逐渐减小

顺势落下

坠入浮夸之中

有时高兴

有时企盼

短暂的

不为人知的

投身于之乎者也

由它抗争

由它期盼

不汲汲短短几秒

2018 年 4 月 7 日

大事记辑：竖直上抛的生活

原谅我喜欢一首诗——《字典》。

这首诗是我在看杜爱民先生的诗集《自由落体》的时候，偶然间翻开的一页。起初，只是给别人念了念，他们觉得好笑就笑了笑，然而，他们不知道所以然。关于我为什么喜欢这首诗，是因为我和它有相同的经历。

当然杜爱民先生的诗集里我喜欢的还有一首——《自由落体》。

我也时常会叛逆，将自己直接坐于王位上，可终究会被现实打下王位。"坠落的过程 / 无依无靠 / 就像把身体 / 投进了虚无之中 / 就像从楼顶 / 往地上跳 / 同样都是落体的自由运动 / 从楼上到地面 / 只有短短几秒 / 将身体放进时间里 / 大约需要 / 人的一生。"

我也会像海子一样努力地在诗歌上创造不可能，让自己在王位上坐久一些。我每时每刻把自己从大众中救出来，从各式各样的传统中救出来，从自我中救出来。地层的断裂和移动，人的一致和隔离，在这个时代仍旧是这样，诗人应该拥有孤军奋战的勇气和在死里求生的耐性，明白人民的生存和天、地是歌唱的泉源。无论是写大诗、长诗、短诗，都要拥有这种精神。"把那不变的夜交给我 / 是我 / 就是我 / 背叛了一切 / 在其他人中间反抗 / 滚着河水 / 浸湿天空青蓝的墓盖 / 火是一穗无人照看的麦子 / 坚强 / 裸露 / 非得用 / 娶她不可 / 是我 / 就是我 / 把那不变的夜交给我 / 火 / 使我凝固于巨大的天空墓盖／果然就只是我一人／就剩下我一人／那又怎么样／把那不变的夜交给我。"

"诗人是个集体，诗歌属于个人。"诗人也不要要求特殊的待遇，因为诗人也是属于全人类，属于这个地球或者称它为世界，属于整个宇宙的，只有这样才能写出一篇甚至几篇属于自己的诗歌，提供新的可能。

最后感谢袁加乐为这个集子写序。

2018 年 8 月 12 日

第六辑

没落的解释

浓淡（2017年8月29日）

引言：城市中

　　身在这片钢铁森林，坐在不为人知的角落注视
着人们，用我稚嫩的双眼窥探心灵的秘密。

袁加乐

2018 年 8 月 21 日

1. 家中遐想

在家中
观望街头
哑剧歌唱

掀起了
无数回忆
街边理想

2018 年 8 月 4 日

2. 城市

城市里

华灯初上

带来一片喧嚣与繁华

成长着一颗游子心

2018 年 8 月 21 日

3. 神秘感

我装饰自己

假装有一种神秘感

却不知

早被别人看穿

2018 年 8 月 4 日

4. 粉笔字

仰头看见粉笔字

忽地觉察

你轻而易见的样子

却是别人血泪的凝结

2018 年 8 月 4 日

5. 思考

今天吃什么

今天穿什么

今天有什么计划

哦，万幸

我有思考的能力

2018 年 8 月 4 日

6. 幸福

有时你在想

什么是幸福

其实

想着就是一件幸福的事情

2018 年 8 月 4 日

7. 今天是万圣节

今天是万圣节

万圣下凡感谢人们的生命奇迹

今天是万圣节

内心宁静什么都没有失去

2018 年 8 月 5 日

8. 他是一个诗人

海山吟诵更长远

先人已归比存云

光明道道山海关

于生星空歌诗人

2018 年 8 月 5 日

9. 山归六零拆 · 致敬诗

情以何又归来，浪。

山中豪杰数多，傲。

孤树又见长叶，市。

闻说方来致敬，唱。

穷来不道话语，留。

眩晕走遍天下，流。

潮去多少英雄，了。

今日又来致意，请。

道历史讲故事，义。

道看透讲友爱，快。

道相似讲叛逆，扬。

道生命讲世界，短。

致中国讲山川，属。

快马加鞭不留，慢。

2018 年 8 月 21 日

10. 时

山青草色绿，水蓝如银河。

乱世可迷着，年更上下叶。

2018 年 8 月 5 日

11. 可能

菩提本无树，明镜亦非台。

万般无定果，一切皆可能。

2018 年 8 月 5 日

12. 理想

你如此美好

在时光里易逝

你只是一颦一笑

却让我

青春飞扬

2018 年 8 月 5 日

13. 影子

影子
在放肆地笑

那人蓦然回首
原来那是在磨炼成长
不可缺少的光芒

2018 年 8 月 5 日

14. 本性

清晨与薄暮

灿烂的风景

拂过孩子的心灵

却映照出双倍的色泽

2018 年 8 月 21 日

大事记辑：她、他、它

　　她，是食堂给顾客煮面盛菜的人，在把面递给顾客的时候，总要说上一句"慢点吃，别烫着"或是"尝一尝味道，不好跟我说"。本就是在别人眼中的废话，可是她一连说了好多年。她的性格就像她的名字一样温暖。她好似忘记了什么又记起来什么似的放下手中的饭盒，像玉女般稍稍地抿抿嘴，再用一条黑灰色的抹布迅速地擦了擦胳膊，拍了拍手，好像是在把什么东西拍去，可是并没有什么脏东西，或是污渍的痕迹，只是有一些风干的裂痕和新生的褶皱，最后慢慢地戴上属于自己的厨师帽子，轻轻地拿起面碗，叫外面的顾客给她拿了双消毒筷子，用剪刀剪开一袋又一袋面条，小心翼翼地放进锅里，大喊着让后厨端过来一些已经做好的调料和肉，微微地拨着锅里的水和面条，她似乎发觉了些什么物是人非的事情，突然抬起头看着面前的玻璃，灵魂在徘徊或是彷徨，但耳朵却仍紧盯着锅里沸腾的蒸汽和每一立方蒸汽吐出的几个泡泡。她低下了头看了看锅里的面条，已经煮熟了，挑出面条，熟练地放上调料，用刚才那双筷子认真谨慎地和了和，再用要报道些重要消息似的声音，盖过了整个食堂"面好了"的声音，又说出那两句话，即便是在整个食堂人声鼎沸且座无虚席的时候。她笑了笑，脸上的皱纹也在微笑……

　　他是一名普通高中的学生。他擅长用外语和他人交流，流利的每个单词间让普通人都没有喘息的机会，他也因此参加了一个活动，认识了一个女朋友。"首先"，他非常喜欢用"首先"来介绍一个人，尤其是他的女朋友。他对她是无微不至的。在淅淅沥沥的小雨中，他们一起打雨伞回家，他故意制造了很多惊喜，他在认真地回答女朋友提的任何问题，他喜欢在深夜和她聊悄悄话，他喜欢炫耀和人生、和思想、和哲学有关的问题，再用英文问出来，整得别人哑口无言，他从前喜欢买球鞋，然后去篮球场打篮球，现在场边多了一个人看他打球，买情侣鞋也要送女朋友一双，但也多了一个人关心他，给他送水，帮他买饮料。

　　它是作家笔下的一个动物，或是很多个东西南北的模样。它一会儿说："一枚远古的钥匙，开启家家户户情感的大门。"它一会儿说："失去了枪，便失了生命。"或是它在夏天里短暂地说："出声的'永远'，一定不永远。"等到它了，它却说："我学着人的声音，但不知是什么意思。"或许它在紧盯着发疯的狂叫的赵家的狗，叼着脑海里的心目中的古久先生的陈年流水簿子；或许它正紧随着翠翠登上今夜最后一艘摆渡船，窝在船的前端，看着自己的主人……

第
六
辑

城市中的她、他、它总有些不一样，总有些
一样。

2018 年 8 月 11 日

作者注：文章第三段引用自北岛先生主编、黄永
玉先生著的《给孩子的动物寓言》。

自画不像（2016）

第七辑

低谷（上）

引言：囿于

"是谁来自山川湖海

却囿于昼夜厨房与爱"

——万能青年旅店（姬赓）

《揪心的玩笑与漫长的白日梦》

人世间乃有至奇至妙之物三。

一曰昼夜，广为时间之词，囊宇宙洪荒，包万象千逝，于人而言，其因隙亡，称之致命吸引力者也。

二曰厨房，人素贯有俗世之言，民以食为天，人间冷暖，七情六欲，生而为人，常沉溺其中，不得自拔者是也。

三曰爱，神圣之字眼，无须多言矣。

乃为之"囿于"此，名"低谷"诗文辑，矛盾不解，杂草丛生，无得入夜，嘶哑平原，喑喑得矣，低落于谷，功名成败，乃是一点而空。借此引已斋叟一曲："有日月朝暮悬，有鬼神掌着生死权。天地也，只合把清浊分辨，可怎生糊突了盗跖、颜渊？为善的受贫穷更命短，造恶的享富贵又寿延。天地也！做得个怕硬欺软，却原来也这般顺水推船！地也，你不分好歹何为地！天也，你错勘贤愚枉做天！哎，只落得两泪涟涟。"人患得有低谷之词，而以词善了意，不离不弃之口也敢说得出，言曰："仍旧'生'。"忽想起自己尝写一词，下者：

断恩梧桐怨醉杯，黄花寻觅怕佳节。节后堆积塞满地。了得！字叠凉透恨清幽。

暗寂空空风乱晚，何来治默瘦几折？雨细雁飞识感受，莫说独自自忧愁！

本词遗易安，可卒似已矣。

落低谷，落低谷……

于广阔之地，自我知之，长江东滚，承时间之歌，颂爱无穷。

2018 年 8 月 21 日

1. 无知

聪明的人在笑无知的人

殊不知

无知的另一个名字

自作聪明

2018 年 8 月 21 日

2. 美丽

多少人曾爱慕年轻时的容颜

可容颜又敌不过岁月的变迁

真正的美丽由内而外

不同于一见钟情的表演

2018 年 6 月 3 日

3. 石头的情绪

引子：吾爱一首诗，出自曹沾之手，其乃借石抒己之诗，命之曰《题自画石》，诗曰："爱此一拳石，玲珑出自然。溯源应太古，堕世又何年。有志归完璞，无才去补天。不求邀众赏，潇洒做顽仙。"诗中吟诵石之史与神、情，俱以石修求也。"花如解语还多事，石不能言最可人。"石乃天地之影，赏而自谙。形而观之沧桑，其"掌中山河案上乾坤"，越千里之堤，而"无才去补天"，也"潇洒做顽仙"，世曰："无用，弃矣。"乃弃之。石又怨否？

女娲炼石

六朝石头城

含玉降生了

平仄间滚沙

琅琅的金石之声

那是五千年的摇曳多姿

不知道在多少年以前

人们来到了这里

给园子和山起了名字

山也有时恨，有时爱

看那"不毛之地已高楼林立"

看这"流亡之处已朝气蓬勃"

地上无处安放的石头

耳闻目睹地启开——觉醒！！！

提起笔来……

2018 年 8 月 21 日

作者注：诗歌中引用舌头的《妈妈一起飞吧，妈

妈一起摇滚吧》。

4. 好好了了，方放下吧

引子：凡人皆赟乎？世人也曌乎？好好了了，方放下吧！

求官奔忙，荒冢一堆草没了！

金乞银丐，命生运活位没了！

欲钱望财，恨聚无多时没了！

缘随草亡，甄贾游屋新没了！

笏板满床，歌舞千翩华没了！

福来待祸，朝兴代亡宿没了！

望烟花巷，戴枷着锁身没了！

俗间情爱，世人万般好没了！

脂浓粉香，悲喜白话哀没了！

唯唯荒唐，本言不谓神没了！

做嫁衣裳，过眼云烟梦没了！

短长深浅，下凡历劫自没了！

2018 年 8 月 21 日

作者注：以此诗歌遗《红楼梦》与凡间人物。

5. 断

春日青翠浩然家，尘望西山餐暮霞。

僻巷独生梦旧里，何人曾与老不华?

2018 年 6 月 2 日改

6. 一个简单的期待

喜欢小桥流水人家

喜欢阳光彩虹白马

喜欢呷一口小茶

三两朋友话桑麻

2018 年 8 月 21 日

7. 京歌行

引子：今已是吾从廊至京三年余，以清华园为初见，深觉深墙大院人才济济，而墙中人不欲出。后又于蓝靛厂中书，始行人见观，就《京歌行》一篇。

君不见，暴虎冯河永昼声，其间刁钻也迷肠。

君不见，丁丁寥寥语无衬，独独寂寂诉有央。

君不见，泥牛入海取饮食，鱼沉雁杳唤佳人。

君不见，停滞不前爱笑颜，黑白不分恨琴键。

君不见，深怀志情鲜为知，随波逐流生做默。

君不见，柳下插秧三百诗，响指一过五千年。

君不见，落雨成海雷语愮，冻冰成砖痛话彻。

陆
空
集

君不见，存在失败功名汲，红尘磨炼心渐强。

君不见，曲曲折折才明白，重峦叠嶂门复开。

君不见，离愁别怨还又来，陌生防碍心头栽。

君不见，反叛为难不自在，不安湖畔映答案。

君不见，把酒言欢画圆圈，幽暗铁屋我反思。

君不见，慨息喟叹萦怀曲，白墙书写我心愿。

君不见，走往跑来度夜深，愧疚无奈旧梦忧。

君不见，太阳落火谈大海，牛角偏执已释怀。

君不见，对白一人三两句，歌唱六面八角词。

君不见，低眉顺眼把纸弄，飞扬跋扈谁轻狂。

君不见，半推半就假笑泣，糊里糊涂闹喜剧。

君不见，相顾无言豳风美，和和美美高楼隔。

君不见，因循规则写快乐，凭借因果停笔钝。

君不见，紧紧张张为生活，努力拼搏创未来。

2018 年 8 月 8 日

作者注：称善恶曰："恶在善中多一心，善在恶
中多口钱。"

8. 无语说 · 呢喃

乌云密布萧索，不语话凄凉。年轻应是雄姿，却泛黄时，仓促追，拙劣端星光。不经意，唏嘘间，长风破浪。一曲二泉三巡，天已昏、月未明，落俗套，只手依墙。

晨钟憔悴，依偎沉醉，坚强雁南飞，西风几轮回，落雨呢喃我俯仰。归途绕，夕阳染红，城池一片狼藉汪洋。游子故国又经年，久别重逢，物是人非，感迷惘轻狂。

回望，回望，回首悄盼望。前方迷途知返，后生奈何欢畅。来来往往者，道匆匆忙忙事，暮霭下只字不提，睡意全无。琴瑟果腹，疾苦不明，夫如流年，何渡秋水，看天辽月朗。

高处不胜寒，树倒猢狲散。梦中恍惚演昨日，铜铃响。南去也苍苍，北还更茫茫。颠簸摇晃风儿唱，独醒空船上。少时爱看窗，锋芒顽抗存念想，后来他乡即故乡，夏时夜雨香。

2018 年 6 月 4 日抄并改

9. 贝壳

偶尔在梦里

看见大海

三两个人　篝火不熄

手捧几粒贝壳

安眠入睡

仿佛有人依偎

2018 年 8 月 21 日

10. 群岚

傍晚

归鸟

朦胧的人世间

书包

装载

老生常谈的祈愿

树叶随风而旋

消失在群岚的艳色之中

一曲相送曾经沧海横流

2018 年 6 月 7 日改并写注

作者注："岚"本义为清晨之雾气，"霭"为黄昏之云气，所以有之言"朝岚暮霭"，不知尔晓"暮霭沉沉楚天阔"乎？且朦胧派之诗歌意象表情达感甚朦胧而不清，有婉词之映，群岚代指朦胧之意境。又有席慕蓉作《青春》一诗歌，其中引行一，"逐渐隐没在日落后的群岚"，意有叹理想惜青春之破灭，悲乎哉。

11. 打油诗七首

晴空对万里，枯木成栅栘。

遥可相呼应，石流状恾奇。

八卦饮牛马，断絮乱如麻。

空想计千万，莫道草湿花。

胡作古中月，适为笔走舌。

诗行已百岁，神气自上街。

远市售梦想，近坊卖希望。

成功暗无趣，功名才假佯。

朝露白拟情，暮霭毋作秀。

何久苦如此，孤心茅屋陋。

风雪不易行，灯火朦胧曳。

譬语人当怯，落日西山斜。

幕下密满间，台上疏初静。

羡人命注定，平凡即至雅。

2018 年 6 月 15—16 日

12. 梦

遇见你　期待你　忘记你

那棵高大的树住在我家门口

一天一晚　只剩下埋在地下的感激

早就忘了那些人长什么样

2018 年 8 月 21 日

13. 若是你，本就是你

原引子：本来想象写这首诗歌，但还是为了纪念一下我们的友情。

像花　像草
像你　像我　像刚刚挥手告别的昨天

就是时间落下春天的种子
我是诗人　你是诗人的朋友

那首诗是送你的　写成了理想
心灵相连

第
七
辑

像昨天　如今天　似明天

一样的思念

　　　　　　　　　　2018 年 8 月 21 日

作者注：本诗原名为《若》。

14. 醒来

引子：斯天下之人何为乎？无解矣。兹万世之民何以哉？无问矣。天下之人、万世之民，其语，传千古之众者，今已有问曰，卒解矣。于古于古道，于今于今朝。乃醒者冲破也。

急舞的风里我登上了这座高高的山，
那抬头不见的天比往日更加遥远
山中的石猿啸了又啸啸得空气哀伤
水边的那一片小块陆地
清清的沙铺满
天地间的白鸟也随着急风骤雨飞舞盘旋

无边里我哀伤树叶在重阳节无奈飘落

广阔中我叹息长江在时空间翻滚来过

至今远离故乡的秋是我

我是快乐的常客——晚年——百年！

自伤、不幸、期待的渺小之我登上舞台

备注：

登高

风急天高猿啸哀，渚清沙白鸟飞回。

无边落木萧萧下，不尽长江滚滚来。

万里悲秋常作客，百年多病独登台。

艰难苦恨繁霜鬓，潦倒新停浊酒杯。

2018 年 8 月 21 日

15. 寸聿视云之匕刀

从这　石头　坠落

他们不知道这为世间带来一种

不可捉摸的充实　精神向度

迥异于前　令人意外而期盼　铺新石于路

他们准备并已将要放下思想基础

用几人的对话展开叙事半路却归途

分解理想弹得　闲适懒散　依旧内心陶潜　现

实三变

那个独自的人对镜唱着生命之歌

这是自己为了活下去的理由

陆
空
集

"就这一次，对自己有信心"

在低谷之时铭记：

"假作真时真亦假，无为有处有还无"

2018 年 8 月 21 日

作者注：这首诗当初写的时间遗失了，这首诗改
自原来那首，是送给贾宝玉的。第三节引用尧十三
的《有信心》和曹雪芹的《红楼梦》。

16.　无题

城市已被雾蒙上了金黄色的外套

再拨他的电话那头人说是个空号

我们是否需要化上妆再合个照

算上那个街头巷尾游走的猫

2018 年 8 月 21 日

17. 拾遗·某篇作文的选段编写

　　他默默地守着属于自己的角落，没有背叛自己的人格和良知，没有虚掷宝贵的光阴，以文化苦行僧的态度平静而执着地走了过来。他抛却浮华虚荣，寻求返璞归真的简单生活，不理会那些他厌烦的事物和人，丢掉这样一层又一层的枷锁。季老先生说：奔跑类的动物都短命，所以我喜欢坐着。当人安静地、心如止水地从事文学写作时，思想在运动，心灵很安静，其他的肢体运动就可以省去了。乌龟长寿的秘诀就在于它少食、慢速、大脑健康。他依旧怀着最初的梦想航行在属于自己的那片海洋，相信快乐的每天都有，快乐的不用纪念，快乐或许是只有一点，却值得被纪念。坐着，安静，就很舒适。

2018 年 8 月 2 日

18. 诉诉来

引子：本朝六十八年，予阅《红楼》。夏，送涕入口，闻树下葬花者，听其音，哀哀然有石头声。问其人，本籍姑苏，生于扬州，仅识字而不善才，年不长而色衰，委身为潇湘居。其泪罢悯然，自叙少小时欢乐事，今漂沦憔悴。予恬然自安，而感斯人言，是夕始觉其有命觉意。因为长句，歌以赠之，凡六百三十三言，命曰《诉诉来》。

残阳红绿渐渐逝，世间处处奇偶轮。失春花草纷纷落，人间独独葬花文。

偏偏世事俱有异，桃花树下葬花魂。已是消逝之秀花，心中仍旧贵亦珍。

葬花一生是迷惘，前途渺茫唱歌悲，凄婉苦哀实。无奈，寄人篱下说辛酸。一朝春尽红颜老，数朝兴尽黄色倒。花落人亡两不知，怜爱人去双无道。其知终究也不过，恰似兹场花儿落。轮回循复谁不解，周围冷暖蓝天谢。

步之达到潇湘馆，芬灵芳魂风涣散，竹叶摇曳催泪下；方才至了怡红院，灯红酒绿新成双，海棠盛开杜鹃滴。黛玉宝玉生同枝，生生世世靠不拢。双亲爱情早故天，单人人间挽歌声，怎一个悲字了得！才女作出悲情赋，佳人奔赴黄泉路。绛珠仙子无奈是，遇上奇缘香消殒，花落人亡两不知。

如海贾敏独生女，父母先后往另世，外祖母怜其孤独，抚养之至荣国府。生性孤傲又率真，封建叛逆同宝为，不劝宝走仕宦路，功名权贵蔑视度。

皇帝所赐念珠串，其不要兹反骂陋。理想志趣同道者，真心相爱夜未见，自然心中气又悲。"花谢花飞花满天，红消香断有谁怜？"落红无人怜爱哀，思己身世苦哀叹。

　　自进贾府第一天，知此不同于别处，处处小心谨做事。虽贾母等疼爱其，其敏发觉受冷落。"一年三百六十日，风刀霜剑严相逼。"其实体现其之思，寄人篱下处提防。"侬今葬花人笑痴，他年葬侬知是谁？""一朝春尽红颜老，花落人亡两不知！"感叹青春易逝去，稀世容颜纵使拥，岁月侵蚀逃无掉。己身之他人家中，即使老死无人晓。"愿奴肋下生双翼，随花飞到天尽头。""质本洁来还洁去，强于污淖陷渠沟。"诗书精通性孤傲，文笔高洁格情操。腐朽污浊浸染涛，同流合污高尚操。望己可以鸟展翅，不受封建之束缚，背离封建之礼教，追求自由精神好。

凄凄艾艾《葬花吟》，知性美丽奇女子。深刻情感间存记，怎样不叫真领忆？众人欲来诉诉来，诉诉来回迁思哀。

2018 年 8 月 21 日

作者注：本诗引子改编自唐代白乐天《琵琶行》小序。本诗原名为《残阳绿绿渐渐逝》。

19. 蟋蟀

引子：蟋蟀在堂，岁聿其莫。今我不乐，日月其除。

无已大康，职思其居。好乐无荒，良士瞿瞿。

蟋蟀在堂，岁聿其逝。今我不乐，日月其迈。

无已大康，职思其外。好乐无荒，良士蹶蹶。

蟋蟀在堂，役车其休。今我不乐，日月其慆。

无已大康，职思其忧。好乐无荒，良士休休。

我是那盛夏的蟋蟀

知了打搅了我美妙的歌声

风雨截断了我妖娆的身材

我是那盛夏的蟋蟀

彰显着流逝和明天未曾的存在

2018 年 8 月 25—26 日

作者注：引子为《诗经·唐风·蟋蟀》。

20. 昨日梦停留

引子:

江上值水如海势聊短述

（唐）杜甫

为人性僻耽佳句，语不惊人死不休。

老去诗篇浑漫兴，春来花鸟莫深愁。

新添水槛供垂钓，故着浮槎替入舟。

焉得思如陶谢手，令渠述作与同游。

（1）芳火
　　——赠 20 世纪七八十年代的朦胧诗派

引子：芳火乃阳燃之火，芳火乃不朽之火。

①崛起的今天

一只鸟儿飞出丛林会徘徊

一只鹿儿好像只会喝水

几个野孩子蹦出来露出微笑

原地等待或是捶了捶腿

一两米的距离是我在寻觅

每一座山都将会崛起

每一条河都要流向远方

今天让我们将错就错

今天让他们随意去说

今天一无所有

今天必定要奔向明日

今天突然想起了我

滚烫的星球散发着余热

怒放的鲜花无不从大地中汲取水分

皎洁的月亮无不从地球上获得引力

野孩子们跑出来看了我一眼

说了几句美丽的中国话

（原来他们不是野蛮的孩子）

他们把我叫进去作为他们的朋友

我们拥有的朋友都在今天崛起

只有这样充满粮食的森林遍地

只有这样才能救活所有的胜利

今天

在今天崛起

今天

红红的太阳

注入暮色的雾

还有孩子和树

只要你不会放弃

2018 年 6 月 28 日加入本辑并修改

②圆

做事的时候无棱无角

想事的季节床上睡觉

无人的街上跑跑跳跳

今天一起来微笑

不要说你什么都要

兜里的钱走掉又回来

停歇的世界仍在成长

人生都是一个圆

是向左或是向右边

总是不知黑夜中水坑在眼前

莞然却烈日炎炎

面对一页页空白的纸

相对无言

脚下和天上都是圆

是在过去还是从前

还是乌云里带来些雨点

黯然还对半截断

观赏一簇簇绽放的花

接踵没见　擦肩无言

眼是圆　桌是圆　瓶盖是圆

亭是圆　湖是圆　井盖是圆

世界是圆　走来走去都是圆

地球是圆　走来走去都是今天

外围是圆　人生是圆　微笑吧　就在今天

2018 年 6 月 29 日加入本辑并修改

③两个月亮

题记：

一处匾额上书写几个大字

其中两个字就是这"月亮"

或许

世界上有两个月亮的传说

周游世界

从一个黑夜到另外一个黑夜

而我

还是黑眼睛黑头发黄皮肤

变得兴奋

没有手里的冰激凌和小汽车

远离故乡来到异乡

我拥有两个地方的月亮

我或许也在这朦朦胧胧中成为风景

晚上常驻的风景

纵使来生在故乡是做牛还是做羊

我都会深深爱着自己的故乡

那个生我养我的地方

2018 年 6 月 29 日加入本辑并修改

④崛起

迷雾中石猴似泉涌群拥舞蹈

太阳下人类辛勤劳作谋发展

用寂静点燃一团不朽的火苗

建设起一千公里的山水草木

2018 年 8 月 3 日

作者注：原组诗仍作有一首《今天过去了》，未

加入本辑本组。

（2）无聊

嘈嘈弦转祖，嚼乐等风屋。

嗅日觥滴雾，观钟案暖独。

其责山涧漠，兹饮抱呜呼。

河过高低树，梯成万古倏。

2018 年 6 月 29 日加入本辑

（3）三年青春赋予谁

那些转瞬即逝的美景

还没分开就互相写信

憧憬的旅程三月开始

我们即将变得陌生

还记得踏进校园时

心中好奇丛生

站在天台上面

青春热血沸腾

梦幻般日子一天一天

小路边流水一段一段

就这样过去时光三年

向来从来有回头是岸

慢慢地火车进站

渐渐驶向彼岸

那些老朋友

交付青春

再见

2018 年 8 月 3 日

①十四行·几寸

面前的门有三寸

背后的窗　能看见木头床

陆
空
集

是篱笆做的门　只有三寸

端坐在眼前爬上窗的几寸阳光

2018 年 7 月 2 日修改并加入本辑

②在这里

在这里的是一张白纸

一首失传的歌的谜语

在这里的是一次经历

一瞬人世间的记忆

还在这里却没有这里

没在这里却在想这里

在这里相识在路上

用尽心机偷取时光的人们

在这里忘记在明日

颠沛流离川流不息的车轮

已在那里的想着这里

没在那里的看着这里

忘记过去　忘记回忆　忘记你

过去的回不来　回来的过不去

忘记昨天　忘记今天　忘记你

像白云一样吧　像彩虹一样吧

飘过去吧别再徘徊　落下来吧别再等待

在这里有一场命运的嫁衣

在这里过去的秘密各奔东西

在这里远去的 C1404 我爱你

2018 年 8 月 3 日

③陆空小夜曲（又《启于小夜曲》）

——陆空：诗歌、理想、爱情、王位、流浪、生存

太阳在黄昏时躲进云彩

空气和空气打板

热闹于是渐渐开始上演

玲珑赎回来斑斓

不要问我应该想些什么

不要问我怎么办

写诗我想要表达些什么

我拥有一匹野马

坚强的人们啊乐观向前

这里夜晚最美

是谁在四岁时歌唱祖国伟大

学习在十岁时化为不断成长

是谁在十四岁时张口出笑语

世事在变我们已经陆续发现

我们假装互相不认识斑马线

总有些开怀大笑穿越回昨天

2018 年 8 月 3 日

④生活不只眼前的苟且

老师坐在桌前

看着日期和作文

虽还未过几日

记得她笑容满面

那些欢乐的时光

那些坚持与慌张

在临别的门前

我要对自己说

生活不只眼前的苟且

还有诗和远方的田野

我懵懂无知踏入附中

为理想向明天勇往直前

我独自渐行渐远

肩上多了些负担

我们一天天长大

有一天要离开家

看那背影的成长

看那坚持与回望

我知道有一天

我会笑着对你说

生活不只眼前的苟且

还有诗和远方的田野

我饱经沧桑留不住岁月

也不曾知道人生有离别

生活不只眼前的苟且

还有诗和远方的田野

光明的前方要拥有欢乐

鲜艳的花儿终会绽放着

鲜艳的花儿终会绽放着

2018 年 7 月 3 日修改并加入本辑

作者注：本诗歌为清华大学附属中学 C1404 班部

分同学于 2017 年 7 月上旬初中毕业时改高晓松老师

作《生活不只眼前的苟且》，作者编辑修改。

⑤T．H．H．S．

清华附中就在北京海淀的清华园

学生　老师　保安　和　食堂热情的阿姨们

人们经常晚晚地离开　关上六盏灯

在操场上看着月亮　满眼爱恋

附中外有一家开了好多年的小吃店

不管在什么样的时间　你尽管去看一看

老板和他的妻子站在栅栏外　搬着箱子大声应答

学哥和学姐　在前面　在身边　在国外成了业

没有新的衣服被我们忘记

总有旧的照片去回忆

如果年轻时你没来过清华附中

那你现在的生活是不是很幸福

阳光房里有一把破旧的木球拍

胡老师放着歌　那是四班在上着课

每天都有课间操　在 A 座和 C 座之间停留

红色绿色往来穿梭　奔跑　跌倒　奔跑

D 座操场的门改了电梯 42 号还是住在北大街

楼上看下去上来新的风景　走来走去走不出我
的图书馆

来到城市已经一千二百多天　清华附中一直是
相同的容颜

或许有紫荆花开了又开她不会说你好再见

没有人在大屏下指手画脚
总有人在走后背上书包
如果年轻时你来过清华附中
那你现在是不是已经被一切包括

这种环境能让你爱恋
炎热夏天让我怀念

"醒来或者学习又是一年
相遇然后分别在青春里的一天"

2018 年 8 月 21 日

作者注：诗歌部分灵感和填词以及最后一节引用
都源于李志的《热河》。

大事记辑："宜居"城市里

生命中所见到的善者所生长的城市也许就是"宜居"城市。

花儿是那么红，草也竞相生长着；那里的雪是那么白，看不见一点点雾霾……一切都是在苏醒中的。当独自一人在街上行走的时候，车是少数的，愿望是快一点长大，去发明一辆清洁的车。鸟儿站在街边的树上歌唱，风筝在广场上飞扬，人群在火车站里熙熙攘攘。柳枝正在摇摆，原来是微风正在吹来，匆匆忙忙的一天也像太阳一样在摇晃中睡去。

这座年轻的城市，充满了青春的活力，他的内心里生长着一群快活的人，他们想象着他们的明天是多么芬芳。他的血液是青绿色的，他的骨干是黑色的，他的脑海里写满了理想和成长，他的皮肤是蓝色的，上面有点缀一些白，像棉花糖一样的颜色，纯净，美好。

　　金红色的阳光似理想和成长的路上的每一处鲜红。又照在这座"宜居"城市里，一天又一天还是如此快活，这里的人们仍旧纯净与天真无邪。鸟儿在树上祈祷，呼啸而过的大风舞蹈在微风之旁在说着一些快乐的事。

2018.8.12

第八辑

低谷（下）

自画像（2017年4月—5月1日）

作者注：此画改编自海子的画

引言："满纸荒唐言，一把辛酸泪"

　　我们会参与各种社会活动，我们需要医疗，需要上班，需要上学……我们个体渴望的东西总会被社会的选择所代替。在这场只求同不存异的潮流中他们"幸存"了。所以我一直期望的是我们无论在什么时间，什么地点，遇到什么人都能保持理智，保持独立，独立的精神和思想。

　　我认为中国小说史上有两个人能共夺魁——一个是曹雪芹，一个是鲁迅。他们有了许多世人所没有的，甚至他们有了大多数小说家都没有的东西，就是在苦难中保留自己的情感，并把这种情感用文字抒发出来。他们是自己，不是别人。他们独立的思想正使他们的小说拥有与常人不一般的凸显，或者说是优势，在大起大落里去洞察世界。

2018 年 8 月 8 日

1. 风平浪静的一天

风平浪静的一天

即使刮着风　下着雨　心脏跳动

也是

风平浪静的一天

2018 年 7 月 5 日加入本辑

2. 影

今天看见的你

一脸迷茫

像每一天的你

一样慌张

让我踏上板桥

皎洁月光

亲吻平静水面

水藻生长

人们走了过来

看见时光

大门向人扑去

路过海浪

那希望的本领

从哪儿启航

放下手里的笔

出去观赏

我是你的我

你也是我的你

你是影

我也是影

2018 年 8 月 8 日

3. 一个人

一个人很安静

一个人很纯粹

一个人很理智

一个人很清醒

2018 年 8 月 8 日

4. 开场白

万事仿佛赢在开场白

开始得好

成功得早

凡事似乎赢在开场白

调起得高

歌完成得好

2018 年 7 月 7 日

5. 遇见

想起了你，我就想起了我的过去；遇见了你，
我就陷入了我深深的回忆。

你是一个世界的统治者，亦是一个期待者，在
自己的内心里，你拥有着自己的故事。

你像我见到过的那个少年，抱着理想的节奏站
在草地中央。对话中，与你争辩着回家之事，但愿
故事最后发生奇迹。形影不定的正在发生，对自己
说着劝诫的话语。

2018 年 8 月 8 日

6. 快乐就是正能量

微笑

是人际关系中的一缕春风

快乐

是人生旅途上的源源能量

悲伤存在即合理

与悲伤和解

转化为正向力量

说人生不易且行且珍惜

时光易老多看世间一眼

明天你好

快乐就是正能量

2018 年 8 月 21 日

7. 题红纸伞

千古文人西湖梦，遗世自然成。

数年被困苦穷中，今立一时空。

2018 年 7 月 6 日于杭州

8. 想来

　　想来江南好。西子湖畔纱朦朦，无穷碧，别样红。

　　想来江南骄。雷峰塔顶雨缪缪，压顶黑，两人篷。

2018 年 8 月 21 日

　　作者注："无穷碧""别样红"均出自（宋）杨万里的《晓出净慈寺送林子方》；"缪"读 liǎo，同"缭"，缭绕。

9. 振东

万匹骏马在丛林中　生风夺彩

将手挥　挥动东方午夜星辰

那是东方的一颗最闪亮的

人群中最耀眼的一位敬业的教官！

2018 年 8 月 8 日

10. 浓度

这是一个

比烤冷面更欢愉的短语

笑过之后　空气燃尽

对面的灵魂站起

大声呼喊

人们听不见

在夜晚的应天大街上行走

听见风的歌喉

一个个风铃倒挂

只是风在回避

我在话语方面表现很积极

保持你我的距离

对面的灵魂

随风舞蹈

平静的生活　到后来

成了心灵的显化

那么对面的灵魂

一面镜子

照出你我

2018 年 8 月 8 日

11. 我想象

我想象做一个这里土生土长的孩子

我想象你——海子 给山和河起了名字

我想象是谁承诺这个世界如往常般五彩

我想象在天没亮的清晨走上这条灯红酒绿的街

我想象在朦朦胧胧的雾霾里迷茫地徘徘徊徊

我想象梦中出现之地长得奇奇怪怪

我想象在空白的纸上比比画画

我想象让这金属钟表和绿皮列车飞起来

我想象把我得到的东西卖掉或是送出去

我想象留下什么印记来将生活安排

我想象在短暂的快乐中取得成功

我想象在长久的企盼中获得失败

我想象在北京城里瞬间观赏与喜爱

我想象在摩天大楼里面对阳光眯着眼睛不睁开

我想象活着忘却我原来的姿态

我想象老去、成长，然后期待

我想象前面的天空是有多美好

我想象后面的草坪是多么可爱

噫！……

2018 年 8 月 8 日

12. 想象祥林嫂

为生而活

为命而争

在别人的嘴中津津乐道

在世间的眼中光怪陆离

失去的一切都让她步履蹒跚

整日紧闭着嘴唇　守着伤痕

周而复始地讲着那些渣滓

叹息　独语　精神不济

连绵不断地惴惴不安

冬天或许瑟瑟　也道不明

那就再见了世间　家人重逢

愿新世界光明温暖

2018 年 8 月 21 日

作者注：本诗歌创作灵感来自鲁迅的《祝福》中

的祥林嫂。

13. 思维定式

（1）地铁

我们是否应该在左侧车门下车

或者是我们适应了惯性生活

郑州

（2）广场

不知不觉间

阳光普照

我已经爱上了金黄满地

2018 年 7 月 15 日于郑州

（3）短片

童话里没有什么可以死去

所有都可以永生

现实中没有什么可以永生

所有都可以消逝

但是现实可以活成童话

童话也会反映现实

2018 年 8 月 8 日

作者注：思维定式（Thinking Set），亦称"惯性思维"。这是一种按照积累的思维活动经验教训和已有的思维规律，在反复使用中所形成的定型化的稳定的思维路线，有消极思维定式和积极思维定式之分。消极的可以束缚创造性思维，而积极的则可以用已掌握的方法迅速解决问题。（引用改编自"搜狗百科"）

14. 川江

重龙山下沱江

穿过了这座城池

重龙阳水南阴

炊烟袅袅车马熙

冬尖花生谷子竹笋

山川毓秀生魔芋

岁月悠悠荡荡

诗酒唱和两千载

大井坝　大井坝　大井坝

楠木寺镇的董家堰

川江流　川江淌　川江灌

冲然山水起伏并险

川乡人　川乡菜　川乡情

世世代代永相传

大井坝　大井坝　大井坝

楠木寺镇的董家堰

川江流　川江淌　川江灌

烈日柔柔夜雨缠绵

川乡人　川乡菜　川乡情

春秋万年香不断

2018 年 7 月 22 日资中

作者注：本首诗歌填词源自衣湿乐队的纯音乐
《远乡》。

15. 采桑子·红

—— （又《变韵填字采桑子·红》）

何来名胜似春光，千里阴凉，欲蒸腾。是年称翁。好了伤疤忘了疼。红红火火嬉嬉闹，万年遗香，故复萌。天地易更。广场三木尘间丰。

2018 年 7 月 23 日于资中

作者注：变《采》韵为：平平平仄仄平平，平仄平平，仄平平（韵）。仄平平仄（韵）。仄仄平平仄仄平（韵）。平平仄仄平平仄，仄平平平，仄仄平（韵）。平仄仄平（韵）。仄仄平仄平平平（韵）。

16. 低谷

从高层大气向下坠落

类地行星也在眺望

地球也流传着传说

谷底温度还算清凉

生存的需求刚满足

生活的意义在体验

低谷中　离现实生活不远　没有平原

低谷中　离精神生活很近　没有盆地

低谷中　离自己越来越近　心中缱绻

在低谷里大声呐喊！

在低谷里大声呐喊让他们听到！

在低谷里大声呐喊即使没有人听见！

在低谷里大声呐喊！

在低谷里　谁不忘　谁不忘最初的愿望！

在低谷里　迷雾也挡不了我前进的脚步！

在低谷里我要做我自己！

在低谷里我要做低谷中的强者！

在低谷里我要让你们都崇拜着我！

2018 年 8 月 8 日

17. 外婆

我爱着您的容颜

不再说出口的眷恋

生活爱着哪怕会是

再烦再多怨言

我一直爱着您啊

初恋着慈祥的视线

从没有离开过

直到我初次离别

再次渐渐渐渐走远

没在您身边

爱意没有随时间越浅淡

再多的

感恩也还不完

想您的百合炒肉一盘

我看着您的笑脸

写满幸福一滴一点

生活爱着哪怕会是

再烦再多怨言

2018 年 8 月 7 日

作者注：本诗歌填词源自秦才淞的《外婆》。

大事记辑：低谷中的英雄
—— "大江东去，浪淘尽，千古风流人物"

　　《烛之武退秦师》《荆轲刺秦王》《鸿门宴》《项羽之死》……大江浩浩荡荡向东流去，滔滔巨浪淘尽千古英雄人物。当代青年人的所思所想，总是向前进的；似乎只有已经老衰的人，才恋恋于过往。一个民族，亦当向前迈进，何必回顾以往的事呢？然而要前进，必先了解现状；而要了解现状，则非追溯到既往不可。因为现在是绝不能解释现在的。

　　常言"前车之鉴""不知来，视诸往"，所谓前人所做的事情是正确的，便奉以为法；前人所做的事情有所失误，便引以为戒。现在看来却不然了，世界是进化的，后来的事情，绝不能和以前一样。病情已变而仍服陈方，岂唯无效，更恐不免加重。我化用北岛在《给孩子的诗》代序《给年轻朋友的信》中的话：当正值青春的我们遇上低谷中的英雄，往往会在某个转瞬之间，撞击火花，点石成金，热沸腾，内心照亮，在迷惘或昏睡中突然醒来。

顾城在《学诗札记二》中说："诗的大敌是习惯——习惯于一种机械的接受方式，习惯于一种'合法'的思维方式，习惯于一种公认的表现方式。习惯是感觉的厚茧，使冷和热都趋于麻木；习惯是感情的面具，使欢乐和痛苦都无从表达；习惯是语言的套轴，使那几个单调而圆滑的词汇循环不已；习惯是精神的狱墙，隔绝了横贯世界的信风，隔绝了爱、理解、信任，隔绝了心海的潮汐。习惯就是停滞，就是沼泽，就是衰老，习惯的终点就是希望……当诗人用崭新的诗篇、崭新的审美意识粉碎了习惯之后，他和读者将获得再生——重新感知自己和世界。"

　　现在对于一篇文章或是一首诗歌而言，最重要的是打破目前的思维定式，在艺术上力求突破，为中华民族文学艺术的繁荣和发展尽其菲薄的力量；作为年青一代的喉舌，要唱出人们心里的歌，鞭挞黑暗、讴歌光明，尤其是要面对今天的社会生活和人们心灵的空间发出正义的回响。

　　读古人古事是求明白当今社会的真相的，那么文章就必须有力量将自己从大众中救出来。因为文章"不是简单的喝水，望月亮，谈情说爱，寻死觅活"（海子如是说），所以今天，当人们重新抬起眼睛的时候，不再仅仅用一种纵向的眼光停留在几千年的文化遗产上，而开始用一种向前的眼光来环视周围的地平线了。只有这样，才能使我们真正地了解自己的价值。

2018 年 8 月 9 日

作者注：本文原文为《历史风云人物》，为高中语文老师组织的专题探究"心中的英雄——历史风云人物探究"。作者为此专题探究集子的主编。

第九辑

命运回廊

引言：梦与醒

——学姐郝景芳的《北京折叠》的续写

在一阵垃圾车演奏出来的欢快节奏中，糖糖还是踏上了前往第一空间的路途。

老刀费了老劲把糖糖送进一所教舞蹈、音乐的艺术学校。糖糖现在研究生毕业了，成为被选去第一空间实习的人。

说实在的，糖糖本来是不想去的，但还是在老刀的劝说下决定去第一空间。

欢送会上，在灰墙黑瓦下面，糖糖向老刀挥手告别。糖糖和老刀一样，觉得很不舍得。糖糖隐隐约约间看到了一位满头白发、满脸泪痕但高大的父亲站在她不远处。她走了。

第一空间果然像老刀对糖糖曾经提起来的那样：繁华美丽，灯火耀眼，无处不明亮，但在这繁华中也可以嗅到一些恶臭，美丽中夹杂着脚不停息的繁忙。糖糖到这儿同几十万人去争夺一个实习的职位，糖糖在这其中只是几十万分之一。

钱不是万能的，但是无论什么有价值的东西都能够用钱买到。于是，她就开始在这里排队，就像父亲为了她上学排队一样……过了一天，还没轮上她……又过了好几天，还是没有……她忍不住大喊了一声，以抱怨上天对她的不公……

这一声没喊出来什么，但把她自己给喊醒了。

这一觉挺可怕的，她起来，拍了拍父亲，父亲转过来，开口说道："快来不及了，你还不快走，再不走，你的前面就要排更多的人啊，你的机会也许会更少呀！"糖糖草草地吃完了早饭，就和老刀一起去了第一空间的地方。一切如梦中发生的一样……

如此这样，她找到一个并不喜欢但使她活下来的工作。如此这样，过了一年，到了她与父亲离别的日子，她想回家看一看，于是就请了一天的假（这也使她失去了很多工资）。她怀着忐忑的心情，回了家。到了家门口，她开始击打铁门。不久，过来一位老头，向她伸出了手，手上有一个破旧的信封。于是，她打开了，信封里面有一张褶皱的纸，上面用扭曲的字体这样写道：亲爱的女儿糖糖，我是老刀。当你看到这封信的时候，想必我已经去世了。我对不起你，我有一件事情没有告诉你——你是我从垃圾站里捡来的孩子……

　　其实故事中，还有很多未解之谜，如同这梦与醒，不管是亲情还是社会之情，都处于这梦与醒。

2018 年 8 月 12 日

1. 西山

大山的后边日头西落东升

日头照着那现代化的北平城

北平城的西北有座大山

大山的名字叫作西山

西山的背面是一群坐火车的人

火车送来一群人　带走一群人

反反复复地穿过城市工作着

火车送来数封信　带走数封信

周而复始地运送物流生活着

从西山下　从明亮中射入

现在的窗子　阳光　房子

生活成为一种惯性

人们每日追逐

向规划的明天进发

与时间赛跑　为梦想打拼

下一刻起来

不再是沉睡的自己

而是新生的英雄

呐喊着

活在当下　活在今天

认认真真过好每一个今天！

2018 年 8 月 11 日

作者注：本诗歌灵感来自宋冬野的《西山》。

2. 留心

吵闹的闹钟声将一天从早晨打开

睁眼走下床去听牙刷清洁的声音

梳子　滑过头发打扮外表　牛奶涌过喉咙盛开

浪花

门锁的锁舌　嗒一声吐在锁槽

丁零零的上课铃声

老师逐步走近

街上汽车跳起机械舞

一页页试卷在空气中翻动

打开午餐　咽下口水

窃窃私语　耳朵耸动

指尖敲打桌面　开始轻轻哼唱

体育课篮球下来撞击地面

角落里的笑漏过指缝

学校门口家长聊天的声音

操场上几万只脚跑动的声音

太阳落下

让我们把眼睛闭上

头发和枕头在虚无中相互摩擦

星星转动　月亮漫步

地球在地轴上转动

原来一切都是这样！

假如有一天

我必将这样的快活

用身体触摸世界

哦!

原来一切都是这样的!

美好!

2017 年 8 月 28—30 日

3. 夜鸣鸟

静夜中，晚风归来

夜鸣鸟，开始鸣叫

善良美丽在笔下流过

一句话反复地听

智慧的象征在书页上

一段话重复地说

自由和爱是

人类灵感的源泉

我希望是

在下一个春天

夜鸣鸟的鸣叫

变得更欢乐

等到下一个春天吧

夜鸣鸟！

——致黑夜中的那些夜鸣鸟

2018 年 8 月 11 日

4. 肄诗

万物滋生于爱

连绵不绝一脉相承

空气中凝结白色结晶

好似临别时的泪滴

当水蒸气变化为六角形

便知又是一年过去

骑千里马飞奔

途经人生的高山银河

青黑色的条纹

描绘一切安身为乐

时间现在也已经焕发活力

各自离开愿越来越好

2018 年 8 月 11 日

5. 树

序：树

树，一直站在那里。头顶朝向天空，面朝大海，背靠着村庄。想着什么，或者只是站在那里。有风来的时候，动一动筋骨。又一动不动地，想着什么，或者它只是站在那里。

无论什么，都是一片一片的海，鸟儿在海上飞，最终，落在那棵树上。它屏息着，往来的空气，村庄的人们也从村庄中走了出来，走出大山，来到所谓的"海洋"。它高高地挺立，视野看到了山的另一边的山，就此看不见远方。最终，人们走尽了，村落空了。只留下一棵树。

　　这棵树想：如果有一天，我要变成迎客松，从此对繁华不再羡慕。这是一棵树，一棵在大山里、山峦间站着的树。

　　在城市里，人们把它的孩子带来了。如果有一天，你看到他，仍然像他的父亲一样，站在那里，心里装的是大山、海洋、村庄和太阳。他看到人们，是一个又一个忙忙碌碌的人，是一个又一个在社会里混的人。

　　这棵树想：混就是生活在别处，混就是生活迷了路，混就是穿别人的鞋，走自己的路。

　　难道森林没有了光彩，城市的嬉皮青年，他们依然还在混吗？在那大山里面的最后一棵树被人们砍伐了，拿去做了火柴，做了床椅桌柜，做了很多很多东西，只留下一个木桩子在那里，它仰起头，不，它仰不起头，什么也看不见，见惯风霜雪雨，遗憾人们没有自知之明。

这棵树想：我只需要做一棵树，高大挺拔的一棵树，我愿意向飞鸟问好，我愿意向风儿问好，我愿意向陌生人问好，最后，我愿意为人们燃烧。

学习知识，传承精神，在希望之前为世界做一点贡献。保护自然，燃烧希望，在赤裸裸地离开之前为社会做一点贡献。嬉皮的青年死在过来人的路上，倘若当初他想，要做一棵高大挺拔的树，正直真诚朴质，懵懵懂懂；或许闭上眼，把脑子放空，是最最快乐的事。

于是，多年之后，在公园里、大树旁的小路上，放着一张纸：孩子，春天来了，公园里的花开了，到了冬天，它们枯萎了，你要在心里想：我是一棵树，我要变成一棵常青的树。

我在树下看，想着：我要在黑夜中歌唱，轻轻
地唱给你，你却无言看着我。

　　树，一直站在那里，一动不动。

几棵树
一动不动
一直站在那里

头顶朝向天空
面朝向大海
背靠着村庄

2018 年 8 月 11 日

　　作者注：本诗歌序原文名为《树·人生》，于2016 年 12 月 4 日所写，应是与本诗歌为同时期作品，序由本首诗歌改编而成。序第三段部分化用赵照的歌曲《一棵树》的歌词。序第五段引用自安来宁的歌曲《混》的歌词。序第七段部分引用自低谷艾乐队的歌曲《小木木》的歌词。序倒数第二段部分化用低谷艾乐队的歌曲《小树树》的歌词。

6. 马年拜大年

甲午金马驰风来，真心祝福出胸怀。

跃马争春拜大年，一马当先福门开。

马不停蹄长寿路，战马嘶鸣多豪迈。

快马加鞭惠民生，老马识途更风采。

龙马精神多福祉，恭喜平安发大财。

马到成功兴伟业，万马奔腾倍气派。

祝你豪哥过年好，福到爷奶合家欢。

愿是你们事如意，想是人人皆平安。

2018 年 8 月 22 日

作者注：本首诗为姥爷何义在马年春节前后所作，作者做了一些编改。

7. 专心致志，永不言败

——一个学生的独白

从今天起，做一个刻苦的人

语文，英语，物理化学

从今天起，关心体育和数学

我有一个大脑，专心致志，永不言败

从今天起，向每一位老师学习

告诉他们我的困难

那挫败的道路告诉我的

我将承担所有负担

给每一条路和每一张试卷一个温暖的分数

怎么样，我也为你祝福

愿你有一个灿烂的前程

愿你德才兼备贡献社会

愿你在尘世间获得幸福

我只愿专心致志，永不言败

2018 年 8 月 22 日

作者注：本首诗歌套用海子的诗歌《面朝大海，春暖花开》的格式。

陆空集

THE CRITICISM OF POETRY
诗歌批判
《陆空集》刘启于（刘书瑞）
2016. 8. 2 - 30

8. 诗的批判

序：子曰："诗，可以兴，可以观，可以群，可以怨。"

——《论语·阳货》

（1）隔绝

小水滴多么渺小

隔绝的意义又是什么

尽管旁边有人环绕

我想孤身一人

享受内心的独白

路边的行人三五成群

我却踽踽独行

内心的丰富独白

与外面的世界隔绝

那么　我的意义是什么

终于

诗告诉我答案

2018 年 8 月 11 日

（2）静动

黄昏　下午

天气　甚好

晚风　吹过

校园里安静的湖

清澈　明亮　无波

人们对我说

继续努力吧

我看见　一丝不苟

吐丝　织网

安静　涌动

不甘　坚强　看透

生活的自由

安慰自己

这是一场比赛

2018 年 8 月 11 日

（3）遨游

永无休止　轻叩

将里面的人　放出

却又发现

在门的背面　画着

是自己　梦境中

五彩斑斓的包袱

想着自己　美好

要把灯火变　明亮

照射舞台

地下的相拥　美梦

是自己　守护下

握着的金属木质权杖

在欢喜中遨游

人们来来回走

被大门相隔

人们来来回走

平静且自由

2018 年 8 月 11 日

（4）呐喊

轻纱飘　白絮舞

蓝色的天空　黑下来

这是要衬托月亮的美

白云一飘而散

飞舞着并不稳

落在光滑的地上

而后　他们

走了起来

而后　他们

跑了起来

而后　他们

飞了起来

奔腾冲锋　擂鼓呐喊

站立躺坐　低声细语

2018 年 8 月 11 日

（5）经历

时间像流水一样

流水流淌着时间

时间随着太阳奔跑

太阳温暖人间心田

心田种着无数种子

有无数成长过后要离开

留下以前流过的回忆

回忆着从前的经历

如这样的经历

反复播放的歌曲

今天还是这样的你

如这样的经历

2018 年 8 月 11 日

（6）安

锦翠蝶　恋花开

淡风飘雨　呼啸而过

梨花落　枝叶雨

三秋傍晚　独坐池边

赏烟霞　观天宇

二夏晌午　独倚凉棚

艳花香　芳草鲜

一春晨曦　愿安起早

走天涯　越山河

安身立命　自在逍遥

2018 年 8 月 11 日

（7）一生

一日一日

一月一月

一年一年

就是这样

寒来暑往的日子

过了一天又是一天

中国五千年

地球亿亿年

宇宙兆兆年

2018 年 8 月 11 日

（8）对话

期待的少年

站在夕阳下

美丽且动听

仰望天空

叹息一声

为了更美好的明天

就再给他建一座梦想之城

城市的喧嚣

家里的烦恼

一下全没了

眼看前面

独俯天仙

心里想着

为了希望而成长

2018 年 8 月 11 日

（9）异乐记

古代有古代的记述人

现在有现在的讲述人

这个地方好似仙境一般

就叫作桃花源

虽然地方偏僻

但是也有喜欢它的人

古代有个人叫陶渊明

他写了一篇《桃花源记》

赞颂这里的美景

桃花源里的欢喜的人

在桃花源中娱乐嬉戏

放松心情

欢乐无法用言语形容

悠悠然哉

徘徘徊徊在桃花源中

芳草鲜美　怡然自乐

非常有趣

欢乐的人说：

"这里的景色

怎么不愉乐于人？"

学习过道路为何参差的人说：

"陶靖节使我大笑，

使我大笑。"

古代的记述人

来过吗？

寻找它就不回了？

2018 年 8 月 21 日

（10）保安的视角观看世界

我是一个等待机会的年轻人

我对自己的估计脚踏实地

看这静静流淌的小溪

博大幽深的立交桥

再给他修一片西直门

奔腾浩荡

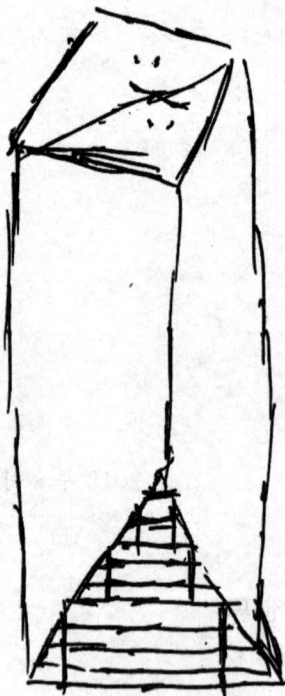

建起一座尖端的科技大厦

坦蕴方正　追求人生价值

闭上我的双眼

对着我庞大的宏观世界

欣喜者狂欢中寻觅位置

偶有闪光的价值发现

千秋功业　描绘蓝图

磨炼出功　平凡出彩

人群看见你走来

你是一个有思想的年轻人

2018 年 8 月 11 日

作者注：本首诗歌灵感来自易南轩的一篇文章。

（11）变化（一）

世界随科技而变化

但人必须适应不同的环境

和改变过后的环境

只有适应了种种不同的环境

才能更好地

去跟在不同的环境中生活的人探讨和交流

怀念过去是人思维中不可缺失的一部分

但是比怀念过去

更重要的是创造未来

只有这样

才可以让我们的经历

变得更加丰富多彩

2018 年 8 月 11 日

（12）变化（二）

坚守——保持平静

等待——最好时刻

选择——开放季节

希望——是在春天

他不怕这　在不该开放的时候

随波逐流　他从来不这样

为了盛开　不怕冬天的严寒

属于自己　就是自己

他永远奔跑……

为了什么

他永远记得……

为了什么

为了大地的丰收

2018 年 8 月 22 日

9. 世界唯我独在，何不乐开怀

他愿在来生做一个简单的人

坐在世界的另一端

静静地待着

静静地待着

没有什么可以想

望向世界的另一端

看见一位少年走来

爬上山峰

梅花鹿

化作天空上的雨点

降落在少年口中

悬崖的下面

全都是朦朦胧胧的雾

下面埋藏着挺立的山涧

吟唱神圣的歌中

发现一条斑斓的鱼

戏游在山涧

少年观看许久

摇头且叹息

他观看许久

闭上眼

梦幻中的梦幻

实现

溪水潺潺

河流缓缓

铃声幽幽

人行仿无缘

白雪漫天

不曾飘落

他愿在来生做一个简单的人

徜徉无穷无尽的力量

一切美好　世界一同美好

狂风呼啸　任他在那里舞蹈

世界空无一人

只有自己

那就回归另一端

看那片失去的拥抱

我愿在来生做一个简单的人

静静地坐在

世界的另一端

世界唯我独在

何不乐开怀!

2018 年 8 月 11 日

2002（2016年11月8日—11日）

10. 二〇一二

引子：

我现在还在这座城市中祈盼飞翔的自由

并且渴望着儿童节的到来

（1）

了却而一笑了之

儿童的生活不会太久

节日的气氛长大后回不来

每天都有太多思绪

对他说你好，却到头再见

像是被云朵蒙住的蒙眬的双眼

说一声"别了"也是勉为其难

我知道的回不去的那个夏天

这是否是一个动人的故事啊！

时光匆匆，转眼而去

穿上干净漂亮的衣裳坐在桌子旁

望着扭捏的雨打湿了的美丽窗棂

温馨的夜幕中暗红色的灯光垂落

坐在一把椅子上看不曾蓝的天空

明日已渐渐地跃入

关门卧着红日不见

这一切谁能阻挡

生命的活力竟这般顽强

（2）

不放那天真纯真童稚

与那六年同学和四季

追逐十二岁以前的日子

以及那些无知的问题与回答

唱着《友谊天长地久》和《送别》

何时分开——童年以及朋友们

放飞的白鸽飞向蓝天

迎接着更美好的明天

善良的人付出

微笑以及分享

坎坷需要勇气

青春这路途美丽

一年一年的时间流逝

六一开始了我们的童年

六一结束了我们的童年

多少时光已成长在童年　渐积渐多哉

你说的我说的他们说的那天已经过去

你说的我说的他们说的那天已经到来

在青春年华的我们都大了一岁

回望自己曾经走过路途遥远

看看自己的脚印越来越宽大

前方憧憬的路还有多久多远

似奔腾的快马

像飞到宇宙的火箭

前方哪里有地平线呢？

大梦初醒中发现已不是童年

忘掉那些过错　奔跑向前

（3）

我们需要一场瓢泼的大雨

来洗礼成长的岁月

天空很远但朝阳很近

月亮如水且与星相辉

感伤和庆幸时时在变

留下脚印没回头挥手

明天太远说今天太短

那个有理想的孩子

是多么轻松自由

我数到第十四颗星星

许多秘密在

北京第二十八个夏天

翩翩起舞的夜晚

冰雪封山

翻山越岭尽头

正当漫长年少

望穿困惑

学着天空一样的沉默

节日

既心花怒放又快乐不已

却对着前方的路执着

得到的总比失去的多

（4）

看着他一分一分往前移动

转动着转着圈的针啊！

停下来吧，停下来吧！

往回转吧，往回转吧！

给我最初的平静！

时间还在过着

我还在过着

太阳还在转着

风还在吹着

雨还在下着

童年却回不去了

儿童走了

念着从前背过的古诗

算着从前做错的题目

听着从前不会的单词

当再次说起我童年时的故事

快乐幽默的生活　当作成长

说走就走　流着眼泪　带着微笑

（5）路漫聊

——赠一位初中同学

青山志友两茫茫，落日依旧故人俏。

遥望浮云欢愉少，近看花园轻一笑。

待到来年春意闹，吾便走离新气照。

话语无穷说不尽，人生匆匆路漫聊。

2018 年 8 月 12 日

陆空集

　　作者注：今年我 14 岁了，儿童节已经离我远去，明年我就要中考了，这诗也算是对我儿童时代做一个总结吧。在这里衷心祝愿儿童们珍惜自己的童年，活得快乐些吧，还有已经失去了自己童年的青年人怀着理想去做一个正直完美的人吧。何处没有牢骚怨艾之词，非不得《2002》。本诗歌中有化用宋冬野以及赵雷的歌词。

11. 一心所求

一心所求

为了自己的梦想

宁可粉身碎骨

一心所求

为了自己的梦想

依旧奋不顾身

一心所求

执着　坚持　豁达

不管什么星空

就是一心所求

12. 那个少年

你像我见到的那个少年

期待地安坐在街边　望一望　人海茫然

观看着世界上到处川流不息　喧闹盈天

心脏的颜色红彤彤　世界看来很善良

往事如烟　话语连篇

少年的生活如同姑娘的初吻

纯粹的模样　青涩容颜

你是期待的根号三

为挽回气氛　午夜黄昏

看一粒一粒　躲藏在房檐思考漫漫的红尘

路途遥远　时过境迁

你像我见过的那个少年

阳光在歌声中滑落　那眼前　浅浅流年

想象着美好的一切如梦展开

2018 年 8 月 12 日

13. 路

年少的我们走过的路

时间正好也走过的路

年少的我们不懂青春

等到那真正分别时

才猛地发现青春从不等人

简单的我们相信梦和可能

吉他口琴还有钱包爱情

或者淡然或者大笑

生活是个成长的舞台

还好现在还有你们陪伴着我

万事如常

勤奋遇到青春的缘与分可以谈笑过场

想来想去只为理想展望未来用心成长

拒绝什么东西爱多于恨心中向往有真有诚

微风吹拂描绘出一张张美妙的景象

梦境中的极乐世界安抚着人类的心脏

慢慢懂了社会需要集体力量来建设

留恋青春追逐着梦想之外

聪明不是学问虽不愿承认

风掠青春还去了很多人群

疑问堵心头之后回答者还是我们

2018 年 8 月 21 日

14. 复活

我说

墙的另一边是世界

墙的另一边是天堂

我说

在希望来临时的你

你会复活在快乐中

我一直对你说

做出自己的人生

让一些被赋予存在意义的人去欣赏

我要去满血复活

我一往无前

2018 年 8 月 12 日

大事记辑：岁月如歌

明日复明日，明日何其多。我生待明日，万事成蹉跎。世人皆被明日累，春去秋来老将至。朝看水东流，暮看日西坠。百年明日能几何？请君听我明日歌。

——（清）钱鹤滩《明日歌》

（1）初生

怀孕，是一个灵魂的诞生，是一个不可告知的秘密。花园中长出的一棵小芽，小花，小果实，草地中被焚烧却自立自强自力的更生土壤重生草原，岁月，岁月啊！我来了！

（2）经历

岁月如歌的生活开始被我们自己所掌控，愈来愈快。却在下笔书写的时候，顿了顿，放下笔来。

（3）转思

退回去，退到母亲的肚子里，我们都一样。"公元前我们太小 / 公元后我们又太老。"谁不希望，没有差别，没有思想，没有生活，没有考虑，没有时间流逝，甚至没有一切，一切的一切；无忧无虑，无所畏惧，无边无际，无穷无尽，无有怨恨遗憾，无有更多，更多的更多。每日，太阳月亮先后出现。"逝者如斯夫"，我为时光遗忘，为岁月感慨。在岁月如歌的日子里，我被其震撼，歌声酝酿，不知如何去唱这首岁月的歌。

（4）向前

初生，婴儿，幼儿，儿童，青年，成年，老年，希望，会不会重生？生命岁月中，能忘掉的是过去，忘不掉的叫记忆。放下一切，让过去的都过去吧，只留着记忆，做自己现在该做的事。为了明天而努力拼搏。坚定迈出步伐，俱使我更接近梦想。一年365 天，是等亦盼，笑容依旧灿烂。承载了满满回忆，充满了希望梦想。终要告别，不免有些心酸。感谢帮助和嘲笑我的人，陪我走过了岁月如歌的日子，教会我，怎样活。时光属于现实，岁月属于人生。岁月易逝，歌声永存。再见！你好！

（5）岁月如歌

我知道永逝降临／并不快乐／松林间安放着我的愿望／下边有海／远看像水池／一点点跟我的是下午的阳光／／人时已尽／人世很长／我在中间应当休息／走过的人说树枝低了／走过的人说树枝在长。

怀孕，入幕，朝夕，相辉。

人类，岁月，生死，相依。

2018 年 8 月 12 日

作者注：倒数第三段引用自顾城的《墓床》。

第十辑

拙见辑

无题（2016年12月23日）

引言：
刘启于云还山道者于鑫吟书的一篇随笔序

顷刻时流逝，忽风后细雨。

经流又玩水，登山看奇石。

人生有感悟，生活大道理。

足遍天涯路，迹留后人知。

2018 年 8 月 12 日

引言:
刘启于云还山道者于鑫吟书的第二篇随笔序

成志成才不怕难,远走远飞看泪眼。

冰风利剑叶舞翩,暖气钝刃花成岩。

山青又上绿入帘,水流汹涌推红瓣。

无情纵人却欢愉,待天四季复变幻。

此景此地无留意,流转溪头叶下枝。

随笔随得前后生,心情尚好总如愿!

2018 年 8 月 12 日

1. 世事说

俄而有耳闻，曰："昨为少年者，看其天下也。"清浊世间，乱之当头。入则退，退不为也。贯帽风彻，乱耳者且违心；汗流浃背，可谓今吾工也；落雨初惊，必有好而语者。说，世间，之乎者也然。

吾判，不利于众，众客己认认得，否反。崖略认世间：浊众。凄凄盛世，又可谓德馨；荒荒城池，又可谓《书》《经》；诞诞之者，又可谓乐恶。浪子回头，一去不复返矣，而待几时回头时，特守认知。世人语难懂，则可请于天。

时百千人笑，唯一泣涕涟涟。今文章素不多却识太多，山水相容，纵火烧之。走而汤洒，既而大奏悲歌。呵呵然，素不却耳。大展巍峨之势，便大呼，大惊，大叹耳，又曰："多乎哉？不多也！"驱之自使。

世间呜之，啼之，弃之，甚险。其知为不知，而虎燕知，不知人。本为来来去去者，又成之乎者也者，虽有饰势态，卒仍适得其反之果也。

俄而又有耳闻，撤幕撤屏而视之，众怒笑而哀中求生，何不为胜也？

赋曰：粉笔灰之于椅，数也，若人于世。彳亍于街旁巷，观此事事皆繁华，明也。蠛世总归栋梁柱，罪恶遗奇葩。

2018 年 8 月 10 日

作者注：此文原名为《世事》，"旧壶装新酒"，改编自（清）林嗣环的文章《口技》。

2. 沙语·孤章

　　漫漫黄沙路，絮絮行人语。要想何当之，随沙筑屋起。枯枯山又崎，荒荒野长萋。春风并无留人意，愿把人家送别兮。

　　尔越不过疆，春风也不留。尔越出了疆，春风候你还。无山无海洋，春风吹过江。山峦无法阻脚步，何为为风泪依依。

2016 年 5—6 月

3. 论科举

儒生志升，先行为章。既而成才，在人中央。

满林木柱，飞鸟呼之。其中众挂，屏也回头浪。

儒生珍珍，先行功成。既而成才，在人甚上。

满林木柱，飞鸟噎之。其中众挂，屏也回头望。

儒生荒荒，先行不忙。既而成才，在人图网。

满林木柱，飞鸟理之。其中众挂，屏也回头罔。

2018 年 8 月 2 日

4. 臧否乎记（又《梦游一记》）

序：噫吁嚱！尝有先后生者论吾诗。或曰："'书豪'，诗歌如其名，文采出众人。语境书豪迈，博古又通今。"或曰："水平之高，超乎想象，意境深远，就于心态，学习与之，叹为观止。"或曰："文字幼者，不应常笔；人之学习，不应翘尾；人身在世，不应刀匕。"或曰："如此这般。"臧者爱，否者恶，古今文学家等艺术家，应如此而已。臧否乎？臧否也。望尔细观此记。

徒有一方，终其成就；徒有一处，终其思想。此地（时不清也）乃夏秋之交，草花枯萎，悄怆如常；道路差互，百姓唏嘘，乞者如荒；性思寡疏，德怨难分，扬尘如荡。

今居行城池之中，不觉叹惋。或见几人拭尘琉璃之上，又见众人其下走行而过，不禁于思，至疑臧否之道，而思尝于文序。

因言曰："若夫如织如梭，卷起大风，噬脐何及，终有所功，所功之庞，雷音轰轰；似江似河，荡起黄洪，一心一意，大鹏翼矼，若翼之矼，汤味腾腾。人亦在世，世亦轰腾，于下曈朦，于上蒸蒸。人何在世，欲问众生乎？否，应语公翁。"

自此地东行六百余里（仍为此地属），入山林见公翁。咨其"此行之道"，公翁曰："尔此行，道不便也。"应曰："晚生来路，山俊然，草蔚然，花秀然，水之映影彻然，应不难。"公翁曰："何不难，自来三十余年，临水临山，开荒辟野，来此绝境，路二十年。"顿然，吾止语。曰："于世无缘，北辙南辕，灯火阑珊，不自欢，便入山。不做山之仙不坐禅也，依潜然。来时道远，逢山开道；来时蜿蜒，自知喜好；来时黄童，今已白叟。而后，语言，云烟，纸鸢，时间，略略如此，一人独望观也。"

曰："尔知臧否之道者乎，世事难料，世事无常，世事变迁，顺其自然，自然臧否。"和曰："有先生谓希逋者，有作《西谛先生》言曰：'众生常高阔谈论，臧否天下之人物，殊是古今之文学家，直抒胸臆，全无顾忌。"公翁曰："有后生者论，俱惧，应不论，随心所欲，随意所谓。臧亦否，否亦臧，臧否乎，不晓得。"乃醉酒至将昼，唤公翁而己欲出，实然不出。寻住一夜，日出还归。

噫！而又臧否乎之，从心而谈，从道而论。突发梦醒，卧于长椅，尔为吾，吾为尔也。须臾之间，感慨万千。

　　吾便墨纸。众人面前，此文幼稚，吾未尝知者，犹请指教，在此谢众先后生。

　　大事记文：

　　2017 年 7 月下旬，吾于美利坚合众国写此文。时时改之，又觉不妥。于家中、地铁站、学校、球馆等间隙成。发于某交流网站，获赞数，获批数，证此文所曰，吾觉欣慰也。大事记文如此也。

2017 年 7 月 30 日

（美国时间：2017 年 7 月 31 日）

2018 年 8 月 10 日

5. 参观美国自然历史博物馆有感

今天参观美国自然历史博物馆，虽然没有拍照，但依旧感慨颇深。偶遇美国 ESL 学校（ARDMORE）老师，面对一处布景，他说："知道左边穿着豪华衣服的是谁吗？"尚久后，一句"英国人，而右边穿着暴露打扮土气的奴隶是美国人"，顿时安静且无语应答。往来其间乎，看见其上写着"老美国"，想起了反抗、革命、战争、尊严、自由、独立与胜利或是失败。路上终于问了老师，为什么美国国旗要降半旗，回答说，是为了纪念一些已经去世的人。

2018 年 8 月 21 日

陆空集

作者注：关于美国国家历史博物馆的一些详解：1607 年，一个约 100 人的殖民团体，在乞沙比克海滩建立了詹姆士镇，这是英国在北美所建的第一个永久性殖民地，在以后 150 年中，陆续涌来了许多的殖民者，定居于沿岸地区，其中多来自英国，也有一部分来自法国、德国、荷兰、爱尔兰、意大利和其他国家。欧洲移民通过大规模屠杀印第安人，抢夺其财物，大规模占领印第安人的土地。18 世纪中叶，13 个英国殖民地逐渐形成，它们在英国的最高主权下有各自的政府和议会。这 13 个殖民区因气候和地理环境的差异，造成了各地经济形态、政治制度与观念上的差别。

（节选自网页搜索）

6. 渔翁游记

——致柳宗元

序：只想唐顺宗永贞元年，来此永州，王叔文为国而为，只见眼前江雪如此这般，撑一孤舟，柳某止观已然。称之"南荒"，司马之职，可用此名也。司马无宿，龙兴寺西厢之独居，安身守己。假描红以山水之景，借咏隐于山水间之渔翁，以寄清傲，青苍之字句，遥长之暮雪，人惶然亦如常。

可谓是：千篇诗文惹众爱，万方景色博心。孤生唯居山秘穴，独老只观江中雪。

从永州西行约百步，隔重山，飞鸟绝迹，山山覆雪；依数路，人踪湮没，路路皆白，心乐之。伐竹取道者，下见廖然之江，水尤清冽，是为江上孤舟也。吾乃一渔翁，披蓑戴笠，自垂钓，不惧侵袭冰雪。千古丹青妙手，料不得千万期待，只江天雪景图。

悠然，雪以为盖，江心，卷雪底以出。白树摇曳，蒙络摇缀，参差披拂。潭中不见昔鱼，皆失其所常，若暗荫蔽日，毫毛不舍。怡然不动，彻声悠然，往来翕忽，似与老叟相乐。仰俯天地纯寂，一尘不染，万籁无声。

船篷，孤舟之中垂纶而钓之蓑翁，江天间而望，油然而生感也。斗折蛇行，阔而不可见，殆天所赋之，不可及也已；鸦雀难鸣，辽而不可闻，得天之所趣，不可极其际。江心遐景苍茫，犹泊迩景孤冷。意境幽僻，情调凄寂。坐舟上，四面大雪漫江，寂寥无人，凄神寒骨，悄怆幽邃。入声之韵，然以其境过清，而吾依待其鱼来，久不还也。舟曰：春日可为之冬日之时，与阴阳讨而诉，欲来雪落江。

2018 年 8 月 2 日

作者注：本文"旧壶装新酒"，改编自柳宗元的《小石潭记》。序的背景是"永贞革新"。

7. 敦煌雅丹地质公园游记

兹罗布泊三垄沙雅丹，有庞拔地而起且不矩，高耸入云之势然，顶平整也。清光绪二十五年至二十九年，斯文·赫定者，瑞典国地理学者、探险者也。之新疆，其问维族向导者曰："兹为何？"答曰："雅尔丹。"其为"险陡"之意。后斯文于其《中亚和西藏》据其拼音译为"yardang"，而广为传之，是为名之"雅丹"也矣。

雅丹地貌为风蚀地貌之典也。其以之两千万年之新近纪或第四纪，无全结之沉积为基，经地质构造、风力侵蚀、流水侵蚀、重力之为，而造垄岗状、流线形、塔柱状之就，世人唯叹其原始、广泛、育俱、类富、错落有致、精雕细琢。

于是有赋曰：始于构造，地表愈升，平坦漫漫，流水罅隙，节理侵蚀，生于受精，母腹之中，时间慢慢，流。哺育，形态各异；幼年之为，流水风力，愈宽愈深，侵蚀沟槽，雅丹雏形，幼年之爱，玩耍读书，愈痴愈狂，截枝减繁，修炼性情；垄岗状然，出海舰队，鼎盛雄伟，偏爱前行，呼啸离乡，巍峨创造，瞳仁明亮，纯净无瑕，欲解符咒，神秘自若；纵向毗邻，切割独立，连体塔柱，似孤若独，同生一志；屹立于世，沉重共担，伟岸背影，坚似磐石，不言光阴；佝偻垂崖，稀疏孤立，沟壑深浅，命运折叠，盛衰婉转，类褶苍衰，静详沉睡，深幽远默，混杂迭迭，沙积岁雕；坍塌折毁，残秋残丘，夷为平地，黑沙啼鸣，游客脚踏，重生轮回，半梦半醒，后世之人，随论成败，沉入明亮，暂停时间。

阳光凄凄，坠于细沙之上，清风与之同舞。沙者，旱然至极，而依勃然隆立，绵延万里；风者，只然觉止，或期彻然发冷，悲乐随易。噫！有如未来之无际无尽兮！

吾正当青年之时，是为"长风破浪会有时，直挂云帆济沧海"。西海舰队之勇，为正值青春之志。转卓如先生之语：故今日之责任，不在他人，而全在我青年！美哉，我青年中国，与天不老！壮哉，我中国青年，与国无疆！

同游者：吾爷奶，父母，父之兄，妹。二〇一八年二月十三日记。

2018 年 8 月 2 日

8. 既思往 · 无问西东

不息寻，西山苍眺跻行云。赫赫茫茫，笃实前进，竟涟君。莘莘，历三八，同初亭远荟学奔。昏习书探微道，致知穷神山川愤。无问西东，春风化雨乐未央，粉骨碎身且殊途同归，人生醇醇。

看核仁义，光辉满面心无违，海能卑下众水归，而至纷纷。泱泱大风停驻，汹涌波澜心存。水木清华众秀钟，无穷昕雯！无问西东，听苍穹、观朦胧、抱殊荣、忆志似鸿，甚于混沌。

陆空集

　　先言曰:"器识为先，文艺其从，立德立言，无问西东。"失其所与，天下之功利得于吐哺，恨恨!祭祀往矣，乃既思；观其所得，乃作文。西东者，无问也!

2018 年 8 月 2 日

9. 七夕节

天上一日

地上一年

时间不灭

爱情不老

2017 年 8 月 28 日

10. 苍梧谣·赋辞

序：莺啼序·赋辞序

全寒正值摇曳，又言无语树。日来晚，夜夜幽长，若似冬日昏暮。炭染墨，亡情丧意，期待总在人间处。道赋辞，至口之词，化为停驻。

路过街亭，无用忙乱，俱有缘有故。青山黛，郁芳茵茵，斜阳河流游宿。不归途，风狂影奔，倦鸟返，炊烟升雾。地之涯，马不停蹄，踏穿尘土。

改革季候，春暖花开，点亮何灯火。日月酒，年纪自在，小鸟飞向，最远枝头，高遥迷雾。纷飞白皑，娇柔动人，从容安静无风雨。想当今，世界不同遇。斯乎罪过，门下士殿中王，任凭辩论无数。

神情似样，无际无边，遂附流而去。苟且命，废思任目，骛远喜高；举起糊涂，飞扬跋扈。行为不宁，犹疑不定，计天以待间令已，驻无何，口若悬河溯。坚强冬日情怀，赋序言云，怀情在否？

2018 年 8 月 12 日

11. 油田人

太阳给予人温暖，使从贫寒中脱困的人们感受幸福；太阳赠予人心情，使从期盼中解放的人们感受快乐；太阳还给人表达，渐渐拥有四肢的人开始劳作，说出美好的语言。

奎屯诺尔湖（冷湖）随着油田的发现，大批地质勘探工作者、石油工人在此安营。在青海这一荒凉偏僻的地方，渐兴起一个城镇——冷湖镇。59年前的 9 月 13 日，1219 钻井队钻探柴达木盆地冷湖五号构造地中 4 井至 650 米时，先是井涌继而井喷，日喷原油 800 吨，喷了三天三夜，这预示着一个新的高产油田的诞生。到 1959 年年底，冷湖油田年产原油 30 万吨，约占全国 12%，成为继玉门、新疆、四川之后中国第四大油田。"人人争把喜讯传，盆地原是聚宝盆，柴达木是祖国的大油田……"

时过境迁，青海石油管理局及其下属单位陆续搬迁到甘肃敦煌七里镇新址。这冷湖，失去往日的繁华热闹，到处一片废墟，人去屋空，满目凋零。冷湖人奔赴大庆、胜利等地支援建设。"哪里有石油，哪里就有冷湖人。"现在，那里所有的房子都被拆掉房顶和一切有价值的东西，甚至是一个锈了的钉子、一块花白的玻璃窗。宝瓶门和长围墙曾是两代石油人嬉戏娱乐的地方。矿区贸易公司被砸掉了一半的大门和匾额，这里是买卖东西的市场。从每个窗向外看，都能看到远方的山和近处的一块石子旁的鞋垫或是牙刷。影剧院和礼堂像圆明园中只剩了轮廓和几块大石头。残院中有一棵枯死的树，当年它曾经绿过，如今整个废墟没有一点春天的色彩。阳光洒下，照射一片操场和教室墙处一两米高

陆
空
集

的沙堆……

"没有废墟就无所谓昨天，没有昨天就无所谓今天和明天……废墟是起点，废墟是进化的长链。"

在爷爷的讲述中，我入了迷，谁曾想到有他们这样一批石油人，经历了这些。他说着说着，慢慢哽咽，那是他的青春，在他的心田中充满春天的火，太阳从山边射下来燃起的火。他说他不再想回冷湖去了，便又讲了几句如何到达那里，画了张地图，便咳嗽了一声，点起一根烟。我想，这一刻，他，春满心田。

2018 年 8 月 13 日

作者注：本文倒数第二段引用自余秋雨的文章《废墟》。本文原名为《春满心田》。

12. 学生节的他

在春要走了夏要来了的轮回中，同于又不同于昨日的太阳爬上了山，月亮与太阳似有一条线拉着转着圈爬着山。万物轮回，四季轮回，世上万物似苏醒般叫起来，动起来。

似太阳般同于又不同于昨日的他再次来到同于又不同于昨日的学校。他坐在班级人群后面的椅子上，背靠大树，幻想着今天怎样美好、怎样枯燥，他究竟要怎样度过今天。

他发起了传单。他跑着走着，从这一头到另一头，似乎地上铺满了才肯罢休。他不理睬别人到底要不要传单，只是不顾一切地向别人手里塞。他想看一张纸撕碎，扯烂，去到空中打着旋下来飘到地上。但他知道了不可行的事不可以做，于是放弃那个念头，于是走着塞，跑着塞。

　　大概发完了吧，也许，还有不愿发了的心情吧，他坐在班级人群后面那围着大树的椅子，看着人来人往的路，铺满了传单和各种垃圾，变成了不同于往常的路，听着同学们的欢声笑语。他已经决定要去操场待会儿了。他走在似曾相识的路上，这似尘封的画面，背后在一点一点被阴天的空气雕刻模糊的容颜。他走上了看台，拿出来随他奔跑的手机，插上很久不见的耳机，听起那些他常听的歌曲，坐下。忽然感觉有一阵冷风迎面吹过。是要下雨了吗？他想。他起来活动了一些，不久，又坐下了……时间漫长似水，水流不尽，一小时在冥冥中度过。他忍不住时，向外看，外面已飘起小雨，过不一会儿，水从头流下来，从檐上滴下来。

到了食堂，快十一点了，他怕雨再下大，匆匆买了饭，匆匆吃完，淋着雨走回教室。在这个喜雨的季节，他也喜雨。下午便只是在做值日。

　　他与其他人的学生节不一样，因为他还是好安静的。

                                        2018 年 8 月 13 日

13. 九月漫谈

　　凌晨，睡不着觉，闲来无事，就想起了"九月"，谈一谈"九月"吧。

　　《九月》是海子的一首诗，后来一个叫张慧生的人给它谱曲，和海子一样，张慧生也是自杀身亡的。现在由于他们都去世得早，所以现在的《九月》中，一个叫"？"头，一个叫马尾。这还未能确定，不过西川老师编辑出版的《海子诗全集》中写明了：一个叫马头，一个叫马尾。想必海子也是一个喜欢马头琴的人。不过，现在唱版都是：一个叫木头，一个叫马尾。

不过，两者都体现出了这诗的美。听过很多人唱这首歌，都包括了以下几个特征：优美，悲壮，孤寂，忧伤。海子走过草原，站在一望无际的郁郁青青，一个人期待的身影，马头琴的声音在草原天空飘荡，再飘向了远方。野花一片，生机勃勃，时间空间，互相交错，生死纠纷，魂魄不定。

　　这样不知不觉地来到九月，时间过得如此快，时光匆匆走到九月，二〇一六已经过去四分之三。九月之前带给人的是一片空白和毫无痕迹的表面。

　　九月开始了又开始放假，随放假而来的是补课，补完中秋，补十一，还有各种课外班。俗话说：都是命根子。每一首古诗都对我说："你有本事去学王维《山居秋暝》，学李白《秋登宣城谢朓北楼》，学张九龄《秋夕望月》……"

提到《望月》，还有一件事孰为人长知：霾！为此我还写了一首打油仿名诗：

供暖时节霾纷纷，路上行人欲断魂。

欲问氧气何处有？集气瓶中寻几分。

的确，供暖的时候已悄然来临，刚过了一个炎热的夏天，在九月，中秋节，正是夏秋两季交替的时候，风险：看不到月亮。想若后羿真的存在并且还活着，望着天空，一片灰蒙蒙的天，不知所措，满大街小巷疯跑狂叫："我的天！我的嫦娥！我的嫦娥呢？嫦娥！嫦娥！"那真是"化作相思泪"，那嫦娥会不会在圆月上做个好梦？中国五千年最伟大的一部言情武侠穿越幻想片不就油然而生了吗？

过完中秋，就是十一，七天，北京以及一些大城市就不用说了，"下饺子"的盛景谁没看过。

好吧，今天就到这吧，现在已经是凌晨三点了，
九月漫谈就到这儿吧。

2018 年 8 月 13 日

　　作者注：本文原名为《九月话坛》。

14. 吾与吾师

9 月 10 日是教师节。不过，今年的教师节我回不去小学了。自从小学毕业后，我一共就回了母校一次。每次小学的同学们组织回母校，我都由于种种原因回不去。现在课业更加繁忙了，更没有时间回去。所以在这里讲一下吾与吾师。

小学时的班主任，现在已经 50 多岁了，还有两年就要退休了。记得八年前，上一年级，进入教室，对老师还不熟悉，只记得专心听课，所以不怎么想得起老师怎样怎样了。现在记得最深的就是小学考初中那一段时间，老师的眼睛逐渐变为老花眼，还在每节语文课带我们读重点，背重点。虽然老师不知道投影怎么使用，但还不耻下问地向我们求教。她从来不因为一点小事情而严厉，即使严厉一点的时候也要把知识教给我们。

六年级，每一次复习的时候，每一次开班会的时候，每一个同学都认真地听她说。有一次，我听妈妈说，老师跟她说我在开班会时睁大了眼睛，咬紧了小牙……

除了这些，我还从一些人的嘴中听到，说老师挣钱很辛苦，也就是说老师的奖金和学生的加减分情况呈正比……不管这些是不是真的吧，我还是很感激所有的老师，他们教的东西，都是助我成长的养分。

9月10日这天，众多教师收到了对他们的祝福。不管在哪里，不管是如何，不管有什么，随时想起自己的老师，把自己所学的用到正道上，都是

给老师最好的礼物。能理解老师的不易，就是感恩
老师了。

2018 年 8 月 14 日

作者注：关于第二段的时间问题，这篇文章为
2016 年所写。

第十一辑

辑注

1. 《世事说》译文

　　偶然间听说："从前有一个年少的人，（就能）看（并思考）他的未来和从前的事情了。"（在这分为）清和浊的人世间，污浊混乱的较多一些。（刚刚）进入了人世间就退了出来，退出来（之后）就不能守住他的地位了。风贯入帽子中，耳朵中混乱的声音并且混乱着心灵；汗从头上流下来，流到背上，这就是我现在要做的事情；早晨从山上落下来的雨（形成了河流）惊扰打搅到了村庄人家，就必有喜好这件事有话可以说的人。说，人世间，模模糊糊的样子。

　　我的判断，不利于众人的判断，众人（一定要）
自己认识明白，才知道其中真正的道理，认识不清
楚就适得其反了。大略可以认清楚人世间是什么样
子；浑浊的事物多。更凄凉的鼎盛的世界，又可以
被称为思想品德中的"美好境界"；更荒凉的城市，
又可以（被文人）写成书籍诗歌中的"经典之作"；
更荒诞的人，又可以被称为乐在疯狂中的人。流浪
的孩子回头看（这个世间），（就）一直朝前走，不
再回来了，可以等待有几次他转头（向回看）的时
候，（还）用独特的方法守护着自己认识的世间常
识。古人的话语非常难懂，就可以请教上天。

　　这时，成百上千的人笑，（他们不知道）只有一
个人泪流不止。现在的文章本来就讲得不多却从中
获取太多的知识，山和河流互相交错，纵使放一把
火烧掉它们。人们出来行走用热水浇洒，然后大行
演奏一些悲伤的乐曲。装作一脸无知的样子，本来
不是这样的罢了。大行装饰出巍峨耸立的气势，于

是就大声叫喊，大吃一惊，大声叹息罢了，又说道："这多吗？不多了！"让他们（它们）自己去行使（一些事）。

人世间不理会它，排斥它，装作无知地对它，非常危险。他们把知道的事情装作不知道，然而走兽知道，飞禽也知道，（可）他们就是不了解人民（的心愿）。本来就是一个往来行过的过客人，（如今）又变成了模糊不清的思想者，即使装作很有气势的样子，（可）最终还是得到了适得其反的结果。

偶然间又听说，把幕撤走，把屏障掀开往里面看，众人大笑然后在悲哀的故事中求得生存的依靠，为什么不能是一个胜利的人呢？

赋诗写道：在椅子上面的粉笔灰，有很多，像活在世上的人（一样多）。行走在街道旁边的小巷子里，看这些事情的越来越繁杂华丽，就明白了。险峻的世间终归于支撑起来它的人，是罪名恶称为一群被人们世称奇葩的疯狂的人。

2018 年 8 月 10 日

2. 《臧否乎记》（又《梦游一记》）
译文

序：啊！曾经有很多人议论我的诗歌。有的人说："'书豪'，诗歌写得像他的名字一样，在同龄人里文采出众。在他的语言境地里写下了豪情气概，对古代的事知道得很多，并且通晓现代的事情。"有的人说："他的高水平，超乎我的想象，意境深远，就他的心境和态度和他的学习，所见到的事物好到了极点。"有的人说："你在文字表述上还算初学者，不应该经常写这种诗歌；人的学习，不应该骄傲自得；人活在世上，不应该批判他活着的这个时代。"有的人说："不过也就是这样。"赞赏我的人，我就爱，批评我的人，我就恨，古今文学家们以及其他的艺术家，应该都是这样罢了。赞赏他批评他吗？就是赞赏他批评他。希望你们细心地观赏这个游记。

仅仅有一个地方，全部让他功成名就；仅仅有一个地方，全部实现他的所思所想。这个地方（具体时间不清晰了）正值夏天和秋天的交替，草和花都枯萎了，凄凉寂静得像往常一样；道和路参差不齐，人民百姓叹息不已，乞讨的人（呈现出来的样子）像荒野一样;（人们都）性格孤寡并且思想空虚，恩德和怨恨难以分清，扬一把尘土都像是在放纵。

现在居住并且行走在这座城池之中，不自觉地叹息惋惜。有时看见几个人在玻璃上擦拭着尘土，又看见众人在玻璃的下面行走或者是奔跑过去，禁不住开始思考，（思考）到质疑臧否之道，思考本文序中曾经发生的那些事情。

于是说："至于（这时间）像编织衣服时的梭随

技术的发展在纺织机中越来越快，卷起了大风，后悔不及（时间之快），怎能到达，终于有所功劳，所拥有的功劳很大，如同那轰轰的震耳欲聋的雷声；（这时间）像江河一样奔流不息，激荡起黄色洪水，只有一个愿望，没有别的想法，大鹏（随着江河）飞翔着到达，如若（它的）翅膀的腾冲，（那就会被别人）放到滚烫的蒸汽腾腾的锅里蒸煮。人也在世界上，世界也会做以上所述的两种事情，在下面日光朦胧，在上面被蒸煮。人们为什么要在世上，要问想要问众人的这个问题吗？不，应该问问老翁。"

从这个地方向东行走六百多里地（仍然被这个地方所管辖），进入山林见老翁。咨询他"此行之道"，老翁说："你这次来，道路不便行走吧。"我回答他说："我来的路途上，山（看起来）出众的样子，草（看起来）茂盛的样子，花（看起来）秀丽的样子，水面上被映射的影子（看起来）贯通（水底）的样子，应该（算是）不难。"老翁说："为何不难，

从（我）来这儿三十年，在靠近水和山（的地方），
开垦荒地，开辟野地，（我）来到这个无人来到过
的地方，路上的时间就花了二十年。"（他故作）停
顿的样子，我止住（刚要说的）话。（他接着）说：
"在这个世界上没有缘分了，（我）行无定迹，深宵
无人的时候，不欢愉，于是就进入了这座山。（我）
不做这座山的神仙，不再做这像佛教那样的静思了，
依照陶渊明的样子（生活）。（我）来的时候道路非
常遥远，看到山就开道；（我）来的时候道路蜿蜒曲
折，自己知道自己的喜好；（我）来的时候还是个幼
童，现在已经是老头了。然后，语言，云烟，纸鸢，
时间，稍微像这些，一个人独自望着观看了。"

（他接着）说："你知道臧否之道吗？世事难以
预料，世事无常，世事变迁，顺其自然，自然臧
否。"（我）和声说道："有一个名叫希逋的先生，写
了一篇《西谛先生》，其中写道：'我们经常高谈阔
论，臧否天下人物，特别是古今文学家，直抒胸臆，

全无顾忌。'"老翁说："有青年人议论（我），（我）都惧怕，应该不去讨论（他们），随心所欲吧，随意（让他们）所称作什么。赞赏也是批评，批评也是赞赏，赞赏还是批评呢，不知道。"于是（我们）醉酒到凌晨，呼唤老翁，自己想出去，实际并没有出来。最后住了一夜，太阳出来才还归去。

啊！然而又赞赏或是批评他，从心中谈论，从道理里议论。突然发觉梦醒了，（我）卧在长椅上，你是我，我也是你了。瞬间的工夫，有很多的感动和赞叹。

我便将这些书写到纸上。众人的面前，这篇文章（还算是）幼小稚嫩，我不曾知道的东西，还请求大家指导和教育，在这里感谢大家。

2018 年 8 月 10 日

第十一辑

　　作者注：本来不想写这篇译文，但应袁加乐的话，还是在辑注里加了这篇的译文。文中"幼童"应为夸张时间之长之语。"无常"代指的是英国诗人雪莱的诗歌《无常》。本文的《大事记文》就不再写译文了。

补记

编这个集子的时候已经是书要交稿的时候了，所以改得都比较急。

这个集子的名字叫作《拙见》，是我对一些东西和我自己的一些个人感受所做的一些记录，文体都很随意，像日记一样。因为第一本书最后再录的时候字数太多，所以就把这些文章都放在了第二本书的这个集子里。

这个集子编辑的时候，分为两个时间段，一个是第15篇之前，另外一个就是之后，也感谢为这个集子做编辑的赵江会叔叔。

我也应袁加乐要求给这个集子的部分文章写了译文，也感谢要帮我写这个集子序的袁加乐（虽然他没有写，但是他努力想知道文章意思的"勇气"非常可嘉）。

2018 年 8 月 13 日

大事记辑

C位出道

人画像（2017年1月17日）

1. 我的诗哪里"狂野"了

我是中秋节出生的孩子，好像中秋节赋予了我写诗的能力。当我每次和自己的诗歌团圆的时候，我都会无比开心，充满了对诗歌的爱情。

我受朦胧派诗人、神圣写作、口头诗派及民谣音乐人、诗剧家、话剧家的影响，开始创作诗歌、随笔、诗剧、话剧、填词作品、画作、文言文。我曾想写小说，可小说写来不顺畅，总是写了扔，写了扔，便放弃不写了，于是就写了一堆又一堆的诗歌。

我主张随意而深刻地写作，表达的意思需要读者根据自己的感受而进行思考，理解出自己所想的各方面，诗歌的解释不仅仅只有一种。

《陆空集》这本集子收录了我 2014 年至 2018 年的诗歌、画作、随笔等。其内容包含 2014 年至 2016 年未发表，以及 2016 年至 2018 年新写作的作品。

再说一下本书写作地点，包括北京市海淀区清华大学、清华附中、蓝靛厂，河北省廊坊市，四川省内江市资中县，甘肃省酒泉市敦煌市七里镇，新疆维吾尔自治区哈密市，河南省郑州市，浙江省杭州市、绍兴市，等等。

这本集子以抒情诗、说理诗、批判诗等构成了一个又一个社会场景以及人们的心境。有的诗画面唯美，有的诗写得难受不堪，而这却是人们内心多种情感的挣扎，以及平复心情之后的不再在意的平淡……

2. 感谢

这本集子就这样呈现在大家面前了。

感谢在小学为我开启诗歌旅途的语文老师和姥爷。他们指导并鼓励我写下了我人生中的第一首现代诗和第一首古诗。

感谢在初中为我延续诗歌旅途的清华园的各色风景。它们让我看到了各种各样的生物盛衰百态和喜怒哀乐，让我写下了300余首诗歌。

感谢高中的各位老师对我写诗的一些鼓励和帮助，对我的第一本书的肯定与赞赏，也让我出第二

陆
空
集

本书的勇气极大地提高。

感谢为我这本集子打稿子的赵江会叔叔和马彦辉叔叔。如果没有他们为我这本集子打稿子，这本诗集也不会这么快速和完整地呈现在大家面前。

感谢为我初稿排版的马彦辉叔叔。他让我的初稿排版的速度更加迅速，也发现了一些平时校稿时没发现的错误。

感谢为我这本集子写下了四篇序（包括《陆空集序》、《阶段性伪命题辑》的序《答案》、《竖直上抛辑》的序《抛与落》、《没落的解释辑》的序《城市中》）的袁加乐。可以说，袁加乐将我的诗拿捏得非常准确，也用他自己最鲜活的笔调写下了这四篇高水平的序。

感谢我的父母和亲戚朋友们，感谢他们对我写诗的帮助和鼓励。

感谢这本书的责任编辑刘旭老师，她和她的同事逐诗核校，对我这本书出版给予了很大的帮助。

正如海子在《小站》的《后记》之中说到的一样，我也希望大家的理解和交流。

"陌生人哟，假使你偶然走过我身边并愿意和我说话，你为什么不和我说话呢？/我又为什么不和你说话呢？"

"对伸出手臂的我同样伸出手臂，因为对话是人性最美好的姿势。"

刘书豪

2018 年 8 月 21 日

大事记辑

作者注：本文引用海子的《海子诗全集》以及惠特曼的诗歌《给你》。原文为：

To You:

Stranger！ If you, passing, meet me, and desire to speak to me, why should you not speak to me？

And why should I not speak to you？